初级会计实验

齐永忠　著

姓名：

学号：

年级：

专业班级：

成绩：

天津科学技术出版社

前　言

在《初级会计学》(《会计原理》)学完之后,《初级会计实验》是与之相配合的实验课程,目的是提高学生的动手能力,打下坚实的会计实务基础。本课程在财经类实验教学中具有承上启下的重要作用。

本书特色

1. 岗位性。在会计核算工作中,责任与岗位密切相关。本实验十分重视会计主管岗位、出纳岗位、总账报表岗位、明细账岗位及法人审批等环节的衔接、权利、责任及义务的关系,做到责权分明,提高工作效率。

2. 规范性。本实验以《会计法》《会计基础工作规范》《企业会计制度》等为指南,对会计凭证、会计账簿、会计报表等,在格式和使用上按规范操作。

3. 实用性。要活学活用《初级会计学》(《会计原理》)的基本方法和基本理论,掌握基本技能。通过实验,使学生直接进入职业角色,模拟手工操作会计核算的全过程,为会计信息化打下基础。

本书可与国内大学使用的中文《会计原理》教材配合,达到课程实习目的。本书在编写过程中得到天津农学院领导、教务处及经济管理系领导的热情支持和帮助,特此表示感谢。由于作者水平有限,书中不足之处,欢迎读者批评指正。

著　者

2004年8月于天津

图书在版编目（CIP）数据

初级会计实验/齐永忠著. 一天津：天津科学技术出
版社，2006
ISBN 7-5308-3839-3
Ⅰ.现… Ⅱ.齐… Ⅲ.会计学 Ⅳ.230
中国版本图书馆CIP数据核字（2004）第104536号

责任编辑：马 洪
版式设计：雒桂芬
责任印制：王 莹

天津科学技术出版社出版、发行
出版人：胡振泰
天津市西康路35号 邮编300051 电话(022)23332393
网址：www.tjkjobs.com.cn
天津新华印刷二厂印刷

开本 787×1092 1/16 印张13.25 字数319 000
2006年9月第2次印刷
定 价：22.00元

目　录

第一部分　实验指导

第二部分　实验附件

第一部分　实验指导

实验一　建账

一、实验资料

(一)基本情况

1. 公司名称:如意通信有限公司
2. 企业地址:天津春城路 20 号,电话:23458888,邮码:300384
3. 纳税人登记号:001204252001356
4. 开户银行:农行天津市分行红旗路分理处,账号:708—046—1598
5. 企业性质:国有企业、一般纳税人
6. 经营范围:手机生产与销售,主要产品 22 型手机与 33 型手机
7. 所用主要材料:甲材料、乙材料、丙材料、丁材料
8. 会计记账:采用借贷记账法
9. 法定代表人:徐树
10. 会计主管:赵甲

    总账会计:钱双

    出纳员:孙玉

    明细账会计:李丁
11. 会计核算形式:记账凭证核算形式

(二)公司账务期初资料

1. 如意通信有限公司 20×× 年 10 月 1 日各总分类账户余额一览表(三栏式账页)

账户名称	借方余额	账户名称	贷方余额	账户名称(损益类)	余额
现金	1200.00	累计折旧	120000.00	主营业务收入	——
银行存款	775105.00	短期借款	25000.00	其他业务收入	——
短期投资	24000.00	应付账款	130000.00	投资收益	——
应收票据	——	应付工资	——	营业外收入	——
应收账款	35100.00	应付福利费	——	主营业务成本	——
其他应收款	900.00	应付股利	36000.00	主营业务税金及附加	——
物资采购	——	应交税金	23503.50	其他业务支出	——
原材料	164000.00	其他应交款	322.00	营业费用	——
包装物	500.00	其他应付款	——	管理费用	——
库存商品	210000.00	预提费用	1100.00	财务费用	——
待摊费用	1345.00	长期借款	150000.00	营业外支出	——
长期债权投资	60000.00	实收资本	1020900.00	所得税	——
固定资产	1000000.00	盈余公积	403524.50		
无形资产	100000.00	本年利润	900000.00		
待处理财产损溢	2200.00	资本公积	——		
生产成本	36000.00				
制造费用	——				
利润分配	400000.00				
合计	2810350.00	合计	2810350.00	合计	——

2. 如意通信有限公司20×× 年10月1日有关明细分类账户资料一览表(三栏式账页)

总账	明细账	期初余额	总账	明细账	期初余额
短期投资	平安基金	24000.00	应交税金	未交增值税	8050.00
应收票据		——		城市维护建设税	563.50
应收账款	大唐公司	5100.00		应交所得税	14890.00
	东方公司	11000.00	应付股利	通信总公司	36000.00
	大都公司	17200.00		顺达公司	——
	海河公司	1800.00	其他应交款	应交教育费附加	241.50
其他应收款	林建	900.00		防洪工程维护费	80.50
待摊费用	房屋租金	900.00	其他应付款	蓝天幼儿园	——
	书报费	445.00		华都房产公司	——
长期债权投资	国库券	60000.00	预提费用	借款利息	1100.00
无形资产	专利权	100000.00	长期借款	天津建设银行	150000.00
待处理财产损溢	甲材料	1880.34	实收资本	通信总公司	820000.00
	进项税额转出	319.66		顺达公司	200900.00
短期借款	天津农业银行	25000.00	盈余公积	法定盈余公积	403524.50
应付账款	金羊城公司	15000.00	本年利润		900000.00
	绿原公司	23000.00	利润分配	提取盈余公积	150000.00
	赤兔公司	25000.00		提取发展基金	250000.00
	德龙公司	7000.00		未分配利润	——
	青锋公司	13000.00	主营业务税金及附加		——
	九顶公司	4000.00	投资收益		——
	超值公司	33000.00	营业外收入		——
	海天公司	10000.00	营业外支出		——
应付工资		——	所得税		——
应付福利费		——			

3. 如意通信有限公司20××年10月1日有关明细分类账户资料一览表(数量金额式账页)

总账	明细账	数量	单价	余额	总账	明细账	数量	单价	余额
物资采购	甲材料	——	——	——	库存商品	22型手机	200部	500.00	100000.00
	乙材料	——	——	——		33型手机	110部	1000.00	110000.00
	丙材料	——	——	——	主营业务收入	22型手机	——	——	——
	丁材料	——	——	——		33型手机	——	——	——
原材料	甲材料	80千克	50.00	4000.00	主营业务成本	22型手机	——	——	——
	乙材料	300盒	100.00	30000.00		33型手机	——	——	——
	丙材料	100吨	500.00	50000.00	其他业务收入		——	——	——
	丁材料	40吨	2000.00	80000.00	其他业务支出		——	——	——
包装物	包装盒	100个	5.00	500.00					

4. 如意通信有限公司 20××年 10 月 1 日有关明细分类账户资料一览表(多栏式账页)

总账	期初余额	明细账格式
制造费用	——	多栏式账页
营业费用	——	多栏式账页
管理费用	——	多栏式账页
财务费用	——	多栏式账页

5. 如意通信有限公司 20××年 10 月 1 日有关明细分类账户资料一览表

(生产成本专用账页)

总账	明细账	数量	单价	期初余额
生产成本	22 型手机	180 部	200.00	36000.00
	33 型手机	——	——	——

6. 如意通信有限公司 20××年 10 月 1 日有关明细分类账户资料一览表

(固定资产专用账页)

总账	明细账	期初余额	总账	明细账	期初余额
固定资产	生产车间厂房	250000.00	累计折旧	生产车间厂房	40000.00
	生产车间设备	230000.00		生产车间设备	30000.00
	机修车间厂房	200000.00		机修车间厂房	25000.00
	机修车间设备	170000.00		机修车间设备	15000.00
	非生产用固定资产	150000.00		非生产用固定资产	10000.00

7. 如意通信有限公司 20××年 10 月 1 日有关明细分类账户资料一览表

(应交增值税专用账页)

账　　户	期初余额	明细账格式
应交税金——应交增值税	——	应交增值税专用账页

二、建账的基本规定

(一)公司按照国家统一会计制度规定和会计业务的需要设置“四本账”

1. 现金日记账:一本,必须采用订本式账簿,由出纳员负责;

2. 银行存款日记账:一本,必须采用订本式账簿,由出纳员负责;

3. 总账:一本,必须采用订本式账簿,由总账会计一个人负责;

4. 明细账:(至少)一本,一般采用活页式及卡片式账簿,由明细账会计(可多人多岗分工)负责。

(二)启用会计账簿的方法

1. 登记账簿时要用蓝黑墨水或碳素墨水笔书写,不得使用铅笔或圆珠笔。红色墨水笔只能按规定用途使用,如改错、冲账、登记负数(赤字)等。账簿中书写的文字和数字不要写满格,一般应占格距的二分之一(即上半格空白、改错时用,在下半格书写)。

2. 启用会计账簿时,应当在账簿封面上写明单位名称和账簿名称。

3. 账簿扉页上应当附启用表,启用表内容包括(1)起用日期。(2)账簿页数。(3)记账人员姓名、盖章。(4)会计机构负责人、会计主管人员姓名、盖章。(5)单位公章。(6)记账人员或者会计机构负责人、会计主管人员调动工作时,应当注明交接日期、接办人员、监交人员姓名,并由交接双方人员签字、盖章。

4. 启用订本式账簿,应当从第一页到最后一页顺序编定页数,不得跳页、缺号。要根据业务量大小为每个账户预留若干空白账页。

5. 活页式账页的每一扎也都附有一张启用表。使用活页式账簿,应当按账户顺序编号,并须定期装订成册。装订后再按实际使用的账页顺序编定页码,另加目录(记录每个账户的名称和页次)。

6. 一般来说,应将一级科目的名称写在账页的正中横线处或左上角、将明细科目写在账页的右上角,借以确定账户的名称。一张账页上,不能开设两个不同的账户。

三、建账的操作

1. 根据前面资料,填写如意通信有限公司的账簿启用表(以现金日记账为例)。

2. 根据"如意通信有限公司20××年10月1日各总分类账户余额一览表",填写现金日记账、银行存款日记账的账户名称和期初余额。

3. 根据"如意通信有限公司20××年10月1日各总分类账户余额一览表",按照《企业会计制度》一级会计科目表的顺序,填写总账的各账户名称和期初余额(期初余额为零的账户只填写账户名称即可),最后根据账簿中开设会计账户的顺序,填写如意通信有限公司总账的目录。

4. 限于篇幅,开设明细账只是选取重点明细账户进行,重点开设的明细账户(下划线者)如下:

(1)使用三栏式账页的明细账户:短期投资、应收票据、<u>应收账款</u>、<u>其他应收款</u>、<u>待摊费用</u>、长期债权投资、无形资产、<u>待处理财产损溢</u>、短期借款、<u>应付账款</u>、应付工资、应付福利费、<u>应交税金</u>("应交税金——应交增值税"除外)、应付股利、其他应交款、其他应付款、<u>预提费用</u>、长期借款、<u>实收资本</u>、盈余公积、<u>本年利润</u>、<u>利润分配</u>、主营业务税金及附加、投资收益、营业外收入、营业外支出、所得税。

(2)使用数量金额式账页的明细账户:<u>物资采购</u>、<u>原材料</u>、包装物、<u>库存商品</u>、<u>主营业务收入</u>、主营业务成本、其他业务收入、其他业务支出。

(3)使用多栏式账页的明细账户:<u>制造费用</u>、营业费用、<u>管理费用</u>、<u>财务费用</u>。

(4)使用生产成本专用账页的明细账户:<u>生产成本</u>。

(5)使用固定资产专用账页的明细账户:<u>固定资产</u>、<u>累计折旧</u>。

(6)使用应交增值税专用账页的明细账户:<u>应交税金——应交增值税</u>。

5. 印花税票:印花税是对经济活动和经济交往中书立、领受的应税经济凭证所征收的一种税。1988年8月,国务院公布了《中华人民共和国印花税暂行条例》,于同年10月1日起恢复征收。印花税票是缴纳印花税的完税凭证,由国家税务总局负责监制。其票面金额以人民币为单位,分为壹角、贰角、伍角、壹元、贰元、伍元、拾元、伍拾元、壹佰元9种。

依据我国税法,公司用于经营的营业账簿启用时应向政府交纳印花税。营业账簿按照税法规定交足印花税之后受中国法律的保护,账簿具有法律效力。

对于记载资金的营业账簿,以实收资本和资本公积两项合计的金额为计税依据(一般为万分之五)。经营期间,新的会计年度建账时按每册五元交纳。

印花税实行由纳税人根据规定自行计算应纳税额，购买并一次贴足印花税票（简称贴花）的缴纳办法。印花税由会计人员自行贴花，自行加盖注销印鉴。

印花税的纳税环节应当在书立或领受时贴花。在营业账簿上贴印花税票，须在账簿首页右上角粘贴，不准粘贴在账夹上。

在应纳税凭证上未贴或者少贴印花税票的，税务机关除责令其补贴印花税票外，可处以应补贴印花税票金额 3～5 倍的罚款；对未按规定注销或画销已贴用的印花税票的，税务机关可处以未注销或者画销印花税票金额 1～3 倍的罚款；纳税人把已贴用的印花税票揭下重用的，税务机关可处以重用印花税票金额 5 倍或者 2000 元以上 10000 元以下的罚款。

6. 索引纸（也称口取纸）：上面标写账户名称、并贴在账页边上，以供查找账户。实验人员自愿使用。

账 簿 启 用 表 （贴印花税票处）

<table>
<tr><td>使用单位</td><td colspan="8"></td><td colspan="2">单位公章</td></tr>
<tr><td>账簿名称</td><td colspan="8"></td><td colspan="2" rowspan="3"></td></tr>
<tr><td>账簿编号</td><td colspan="8">总　册　　第　册</td></tr>
<tr><td>启用日期</td><td colspan="8">年　月　日至　年　月　日</td></tr>
<tr><td rowspan="2">单位负责人</td><td>姓名</td><td>盖章</td><td rowspan="2">主管会计</td><td>姓名</td><td>盖章</td><td rowspan="2">记账</td><td>姓名</td><td>盖章</td><td colspan="2"></td></tr>
<tr><td></td><td></td><td></td><td></td><td></td><td></td><td colspan="2"></td></tr>
</table>

<table>
<tr><td rowspan="7">交接记录</td><td>日期</td><td colspan="3">移交</td><td colspan="3">接管</td><td colspan="3">监交</td></tr>
<tr><td>年月日</td><td>职务</td><td>姓名</td><td>盖章</td><td>职务</td><td>姓名</td><td>盖章</td><td>职务</td><td>姓名</td><td>盖章</td></tr>
<tr><td></td><td></td><td></td><td></td><td></td><td></td><td></td><td></td><td></td><td></td></tr>
<tr><td></td><td></td><td></td><td></td><td></td><td></td><td></td><td></td><td></td><td></td></tr>
<tr><td></td><td></td><td></td><td></td><td></td><td></td><td></td><td></td><td></td><td></td></tr>
<tr><td></td><td></td><td></td><td></td><td></td><td></td><td></td><td></td><td></td><td></td></tr>
<tr><td></td><td></td><td></td><td></td><td></td><td></td><td></td><td></td><td></td><td></td></tr>
<tr><td>备注</td><td colspan="10"></td></tr>
</table>

总账目录

编号	户名	页数	编号	户名	页数

实验二　填制会计凭证

一、填制会计凭证的一般要求

1. 填制会计凭证的字迹必须清晰、工整。阿拉伯数字应当一个一个地写，不得连笔写。阿拉伯金额数字前面应当书写货币币种符号。币种符号与阿拉伯金额数字之间不得留有空白。凡阿拉伯数字前写有币种符号的，数字后面不再写货币单位。

2. 所有以元为单位的阿拉伯数字，除表示单价等情况外，一律填写到角分；无角分的，角位和分位可写“00”，或者符号“—”；有角无分的，分位应当写“0”，不得用符号“—”代替。

3. 汉字大写数字金额一律用正楷或者行书体书写，不得用0、一、二、三、四、五、六、七、八、九、十等字代替，不得任意自造简化字。大写金额数字到元或者角为止，在“元”或者“角”字之后应当写“整”字或者“正”字；大写金额数字有分的，分字后面不写“整”或者“正”字。

汉字大写时常用字：壹、贰、叁、肆、伍、陆、柒、捌、玖、拾、佰、仟、万、亿、元或圆、角、分、零、整或正。

4. 大写金额数字前未印有货币名称的，应当加填货币名称，货币名称与金额数字之间不得留有空白。

5. 阿拉伯金额数字中间有“0”时，汉字大写金额要写“零”字；阿拉伯数字金额中间连续有几个“0”时，汉字大写金额中可以只写一个“零”字；阿拉伯金额数字元位是“0”，或者数字中间连续有几个“0”、元位也是“0”但角位不是“0”时，汉字大写金额可以只写一个“零”字，也可以不写“零”字。

6. 实行会计电算化的单位，对于机制记账凭证，要认真审核，做到会计科目使用正确，数字准确无误。打印出的机制记账凭证要加盖制单人员、审核人员、记账人员及会计机构负责人、会计主管人员印章或者签字。

7. 公司会计凭证的传递程序应当科学、合理，具体办法由公司根据会计业务需要自行规定。

8. 会计机构、会计人员要妥善保管会计凭证，会计凭证应当及时传递，不得积压。会计凭证登记完毕后，应当按照分类和编号顺序保管，不得散乱丢失。

9. 记账凭证应当连同所附的原始凭证或者原始凭证汇总表，按照编号顺序，折叠整齐，按期装订成册，并加具封面，注明单位名称、年度、月份和起讫日期、凭证种类、起讫号码，由装订人在装订线封签处签字或者盖章。对于数量过多的原始凭证，可以单独装订保管，在封面上注明记账凭证日期、编号、种类，同时在记账凭证上注明“附件另订”和原始凭证名称及编号。

10. 各种经济合同、存出保证金收据以及涉外文件等重要原始凭证，应当另编目录，单独登记保管，并在有关的记账凭证和原始凭证上相互注明日期和编号。

11. 原始凭证不得外借，其他单位如因特殊原因需要使用原始凭证时，经本单位会计机构负责人、会计主管人员批准，可以复制。向外单位提供的原始凭证复制件，应当在专设的登记簿上登记，并由提供人员和收取人员共同签字或者盖章。

12. 从外单位取得的原始凭证如有遗失：(1)应当取得原开出单位盖有公章的证明，并注明原来凭证的号码、金额和内容等，由经办单位会计机构负责人、会计主管人员和单位领导人批准后，才能代作原始凭证。(2)如果确实无法取得证明的，如火车、轮船、飞机票等凭证，由当事人写出详细情况，由经办单位会计机构负责人、会计主管人员和单位领导人批准后，代作原始凭证。

13. 封顶号的使用，在原始凭证的大小写前面、原始凭证和记账凭证上面的合计数栏一般使用封顶号,注意在账页和报表中一般不使用封顶号。小写封顶号为“¥”,大写封顶号为大写、RMB 或⊗。

14. 销号单的使用。为保证收款凭证、付款凭证、转账凭证每类连续编号,可采用编制收款凭证销号单、付款凭证销号单、转账凭证销号单的办法,避免编号混乱(以收款凭证销号单为例)。

收款凭证销号单　　年　月　日至　年　月　日

1	2	3	4	5	6	7	8	9	10	11	12	13	14	15
16	17	18	19	20	21	22	23	24	25	26	27	28	29	30
31	32	33	34	35	36	37	38	39	40	41	42	43	44	45
46	47	48	49	50	51	52	53	54	55	56	57	58	59	60
61	62	63	64	65	66	67	68	69	70	71	72	73	74	75
76	77	78	79	80	81	82	83	84	85	86	87	88	89	90

15. 对于“取款”和“存款”的业务要求只填制一张付款凭证,以避免重复记账。

二、原始凭证的填制要求

1. 必须取得或者填制原始凭证的事项。

(1)款项和有价证券的收付;

(2)财物的收发、增减和使用;

(3)债权、债务的发生和结算;

(4)资本、基金的增减;

(5)收入、支出、费用、成本的计算;

(6)财务成果的计算和处理;

(7)其他会计核算事项。

2. 原始凭证的内容必须具备(1)凭证的名称;(2)填制凭证的日期;(3)填制凭证单位名称或者填制人姓名;(4)经办人员的签字或者盖章;(5)接受凭证单位名称;(6)经济业务内容;(7)数量、单价和金额。

3. 从外单位取得的原始凭证,必须盖有填制单位的公章;从个人取得的原始凭证,必须有填制人员的签字或者盖章。自制原始凭证必须有经办单位领导人或者其指定的人员签字或者盖章。对外开出的原始凭证,必须加盖本单位公章。

4. 凡填有大写和小写金额的原始凭证,大写与小写金额必须相符。购买实物的原始凭证,必须有验收证明。支付款项的原始凭证,必须有收款单位和收款人的收款证明。

5. 一式几联的原始凭证,应当注明各联的用途,只能以一联作为报销凭证。

一式几联的发票和收据,必须用双面复写纸(发票和收据本身具备复写纸功能的除外)套写,并连续编号。作废时应当加盖“作废”戳记,连同存根一起保存,不得撕毁。

6. 发生销货退回的,除填制退货发票外,还必须有退货验收证明;退款时,必须取得对方的收款收据或者汇款银行的凭证,不得以退货发票代替收据。

7. 职工公出借款凭据,必须附在记账凭证之后。收回借款时,应当另开收据或者退还借据副本,不得退还原借款收据。

8. 经上级有关部门批准的经济业务,应当将批准文件作原始凭证附件。如果批准文件需要单独归挡的,应附上复印件或在凭证上注明批准机关名称、日期和文件字号。

9. 原始凭证不得涂改、挖补。发现原始凭证有错误的,应当由开出单位重开或者更正,更正处应当加盖开出单位的公章。

三、记账凭证的填制要求

1. 记账凭证可以分为收款凭证、付款凭证和转账凭证,也可以使用通用记账凭证。会计机构、会计人员要根据审核无误的原始凭证填制记账凭证。

2. 记账凭证的内容必须具备。(1)填制凭证的日期;(2)凭证编号;(3)经济业务摘要;(4)会计科目;(5)金额;(6)所附原始凭证张数;(7)填制凭证人员、稽核人员、记账人员、会计机构负责人、会计主管人员签字或者盖章。(8)收款和付款记账凭证还应当由出纳人员签字或者盖章(以自制的原始凭证或者原始凭证汇总表代替记账凭证的,也必须具备记账凭征应有的项目)。

3. 填制记账凭证时,应当对记账凭证进行连续编号。一笔经济业务需要填制两张及以上记账凭证的,可以采用分数编号法编号。

4. 记账凭证可以根据每一张原始凭证填制,或者根据若干张同类原始凭证汇总填制,也可以根据原始凭证汇总表填制。但不得将不同内容和类别的原始凭证汇总填制在一张记账凭证上。

5. 除结账和更正错误的记账凭证可以不附原始凭证外,其他记账凭证必须附有原始凭证。如果一张原始凭证涉及几张记账凭证,可以把原始凭证附在一张主要的记账凭证后面,并在其他记账凭证上注明附有该原始凭证的记账凭证的编号或者附原始凭证复印件。

6. 一张原始凭证所列支出需要几个单位共同负担的,应当将其他单位负担的部分,开给对方原始凭证分割单,进行结算。原始凭证分割单必须具备原始凭证的基本内容和费用分摊情况等。

7. 如果在填制记账凭证时发生错误,应当重新填制。(1)已经登记入账的记账凭证,在当年内发现填写错误时,可以用红字填写一张与原内容相同的记账凭证,在摘要栏注明"注销某月某日某号凭证"字样,同时再用蓝字重新填制一张正确的记账凭证,注明"订正(或更正)某月某日某号凭证"字样。如果会计科目没有错误,只是金额错误,也可以将正确数字与错误数字之间的差额,另编一张调整的记账凭证,调增金额用蓝字,调减金额用红字(金额颜色决定增减)。(2)发现以前年度记账凭证有错误的,应当用蓝字填制一张更正的记账凭证。

8. 记账凭证填制完经济业务事项后,如有空行,应当自金额栏最后一笔金额数字下的空行处至合计数上的空行处划线注销(即"/"式样)。

四、实验资料

1. 该月2日，如意通信有限公司(以下省略)收到通信总公司投入的资本金150000元，款项已划入银行账户。

中国农业银行进账单(收账通知) 1

20××年10月2日　　　　　　第160号

<table>
<tr><td rowspan="3">付款人</td><td>全称</td><td colspan="3">通信总公司</td><td rowspan="3" colspan="2">收款人</td><td colspan="2">全称</td><td colspan="8">如意通信有限公司</td></tr>
<tr><td>账号</td><td colspan="3">125－222777</td><td colspan="2">账号</td><td colspan="8">708—046—1598</td></tr>
<tr><td>开户银行</td><td colspan="3">工商行和平路分理处</td><td colspan="2">开户银行</td><td colspan="8">农行红旗路分理处</td></tr>
<tr><td colspan="2" rowspan="2">人民币
(大写)</td><td colspan="4" rowspan="2">壹拾伍万元整</td><td>千</td><td>百</td><td>十</td><td>万</td><td>千</td><td>百</td><td>十</td><td>元</td><td>角</td><td>分</td></tr>
<tr><td></td><td>¥</td><td>1</td><td>5</td><td>0</td><td>0</td><td>0</td><td>0</td><td>0</td><td>0</td></tr>
<tr><td colspan="2">用途</td><td colspan="4">投资</td><td colspan="10" rowspan="3">收款人开户银行盖章</td></tr>
<tr><td colspan="2">票据张数</td><td>1</td><td>票据种类</td><td colspan="2">转账支票</td></tr>
<tr><td colspan="6">单位主管　会计　复核　记账</td></tr>
</table>

2. 该月3日，从工商银行借入长期借款110000元，款项已划入企业开户银行账户。原始凭证“工商银行借款借据回单”(略)。

中国农业银行天津分行——特种转账贷方传票

20××年10月3日　　　　　　第×号

<table>
<tr><td rowspan="3">付款人</td><td>全称</td><td colspan="4">工商银行</td><td rowspan="3">收款人</td><td>全称</td><td colspan="10">如意通信有限公司</td></tr>
<tr><td>账号</td><td colspan="4">12－6870</td><td>账号</td><td colspan="10">708—046—1598</td></tr>
<tr><td>开户银行</td><td>市工行</td><td>行号</td><td colspan="2">023</td><td>开户银行</td><td colspan="10">农行红旗路分理处</td></tr>
<tr><td colspan="2" rowspan="2">人民币
(大写)</td><td colspan="5" rowspan="2">壹拾壹万元整</td><td>千</td><td>百</td><td>十</td><td>万</td><td>千</td><td>百</td><td>十</td><td>元</td><td>角</td><td>分</td></tr>
<tr><td></td><td>¥</td><td>1</td><td>1</td><td>0</td><td>0</td><td>0</td><td>0</td><td>0</td><td>0</td></tr>
<tr><td colspan="2">原凭证金额</td><td colspan="2"></td><td>赔偿金</td><td colspan="2"></td><td colspan="11">科目：</td></tr>
<tr><td colspan="2">原凭证名称</td><td colspan="2"></td><td>号码</td><td colspan="2"></td><td colspan="11">对方科目：</td></tr>
<tr><td>转账
原因</td><td colspan="6">借款
银行盖章</td><td colspan="11">复核员　　记账员</td></tr>
</table>

3. 该月5日，收到顺达公司投入的生产车间设备一台，经评估确认价值为45000元，可直接投入使用。其中原始凭证“会计师事务所的验资报告书”(略)。

如意通信有限公司固定资产验收单　　20××年10月5日

附名称及规格	单位	数量	总值金额	总值中的安装费	使用年限	预计残值	存放地点
生产车间设备	台	1	¥45000.00	0.00	5年	¥2250.00	生产车间
注	预计净残值率5%						

验收部门:设备科　　验收人:李丁　　承办负责人: ××　　制单:××

4. 该月7日,收到青青股份有限公司的商标权投资,其商标权评估价值为348000元。原始凭证为"转让商标权协议书"和"会计师事务所资产评估报告"(略)。

5. 该月8日,向金羊城公司购入甲材料40千克,单价50元,货款2000元,增值税率17%。用电汇方式支付货款,邮电费23.4元,手续费1元。该项经济业务发生后,取得的原始凭证有5种。(1)"增值税专用发票发票联";(2)"增值税专用发票抵扣联";(3)"中国农业银行电汇凭证(回单)";(4)"中国农业银行邮电费收据";(5)"中国农业银行手续费收据"(要求首先把相应的原始凭证填制完成,然后再编制记账凭证。以下类推。)。

广州市增值税专用发票　　№:8347324

发票联

开票日期:20××年10月8日

购货单位	名称	如意通信有限公司	纳税人登记号	001202252001356
	地址电话	津春城路20号;23458888	开户银行及账号	农行红旗路708—046—1598

货物或应税劳务名称	规格型号	计量单位	数量	单价	金额 十	万	千	百	十	元	角	分	税率	税额 千	百	十	元	角	分
甲材料		千克	40	50			2	0	0	0	0	0	17%		3	4	0	0	0
合计						¥	2	0	0	0	0	0	17%	¥	3	4	0	0	0

价税合计	贰仟叁佰肆拾元整			¥2340.00
销货单位	名称	金羊城公司	纳税人登记号	522000111333666
	地址电话	中山路20号;81691687	开户银行及账号	广州建设银行419—6662

第　联

销货单位(章)　　收款人:××　　复核:×××　　开票人:××

注:增值税专用发票是一般纳税人销售货物或提供劳务时开具的发票,统一规定一式四联:第一联是存根联,销货单位留存备查;第二联是发票联,购货单位作付款的记账凭证;第三联是抵扣联,购货单位作扣税凭证;第四联是记账联,销货单位作销售的记账凭证。

广州市增值税专用发票

No:8347324

抵扣联

开票日期:20××年10月8日

购货单位	名称	如意通信有限公司	纳税人登记号	001202252001356
	地址电话	津春城路20号；23458888	开户银行及账号	农行红旗路708—046—1598

货物或应税劳务名称	规格型号	计量单位	数量	单价	金额 十	万	千	百	十	元	角	分	税率	税额 千	百	十	元	角	分
甲材料		千克	40	50			2	0	0	0	0	0	17%		3	4	0	0	0
合计						¥	2	0	0	0	0	0	17%	¥	3	4	0	0	0
价税合计	贰仟叁佰肆拾元整													¥2340.00					

销货单位	名称	金羊城公司	纳税人登记号	522000111333666
	地址电话	中山路20号;81691687	开户银行及账号	广州建设银行419—6662

销货单位(章)　　收款人:××　　复核:×××　　开票人:××

第二联

中国农业银行电汇凭证(回单)

委托日期　　年　　月　　日　　第001号

汇款人	全称				收款人	全称		
	账号					账号		
	汇出地点		汇出行名			汇入地点		汇入行名

金额	人民币:(大写)	千	百	十	万	千	百	十	元	角	分

汇款用途:

上列款项已委托银行办理,持此回单查询。

单位主管　　会计　　出纳　　记账

(汇出行盖章)

年　月　日

中国农业银行天津市分行　　邮电费收据　①

账号　　户名　　年　　月　　日

结算种类		每笔邮费	每笔电报费	邮划份数	电划份数	金额 万	千	百	十	元	角	分	银行盖章
汇兑	信汇	1.00											
	电汇		1%										
委托收款	邮寄回	2.00											
	电划回		1%										
汇票	银行汇票	1.00											
	银行承兑汇票	1.00											
单位主动查询退汇	信件查询退汇	1.00											
	电报查询退汇		3.00										
合计													
大写金额		万　仟　佰　拾　元　角　分											

出纳　　复核　　记账　　制票

中国农业银行天津市分行　　手续费收据　①

账号　　　　　　户名　　　　　　年　月　日

结算种类	份数	每笔单价	金额 十	万	千	百	十	元	角	分	银行盖章
汇兑(信汇,电汇,银行汇票)		1.00									
委托收款(邮,电)		2.00									
本票、支票		1.50									
单位主动查询(信,电查询)		1.00									
退汇(信,电退汇)		1.10									
合　计											
大写金额	万　仟　佰　拾　元　角　分										

出纳　　　　复核　　　　记账　　　　制票

6. 该月 8 日,向绿原公司购入乙材料 30 盒,单价 100 元,货款 3000 元,增值税率 17%,用转账支票付讫。

天津市增值税专用发票　　　№:5647320

发票联

开潜日期:20××年 10 月 8 日

购货单位	名称	如意通信有限公司	纳税人登记号	001202252001356
	地址电话	津春城路 20 号;23458888	开户银行及账号	农行红旗路 708—046—1598

货物或应税劳务名称	规格型号	计量单位	数量	单价	金额 十	万	千	百	十	元	角	分	税率	税额 千	百	十	元	角	分
乙材料		盒	30	100			3	0	0	0	0	0	17%		5	1	0	0	0
合计						¥	3	0	0	0	0	0	17%	¥	5	1	0	0	0
价税合计	叁仟伍佰壹拾元整														¥3510.00				

销货单位	名称	绿原公司	纳税人登记号	104259587374126
	地址电话	马场道 45 号;20252618	开户银行及账号	天津建设银行 851—762

第　联

销货单位(章)　　　收款人:××　　　复核:×××　　　开票人:××

天津市增值税专用发票

№:5647320

抵扣联

开票日期:20××年 10月 8日

购货单位	名称	如意通信有限公司	纳税人登记号	001202252001356
	地址电话	津春城路 20 号; 23458888	开户银行及账号	农行红旗路 708—046—1598

货物或应税劳务名称	规格型号	计量单位	数量	单价	金额								税率	税额					
					十	万	千	百	十	元	角	分		千	百	十	元	角	分
乙材料		盒	30	100			3	0	0	0	0	0	17%		5	1	0	0	0
合计						¥	3	0	0	0	0	0	17%	¥	5	1	0	0	0

价税合计	叁仟伍佰壹拾元整			¥3510.00
销货单位	名称	绿原公司	纳税人登记号	104259587374126
	地址电话	马场道 45 号;20252618	开户银行及账号	天津建设银行 851—762

第 联

销货单位(章)　　收款人:××　　复核:×××　　开票人:××

中国农业银行转账支票存根(津)	中国农业银行转账支票(津)　支票号码№.2186
支票号码№.2186	签发日期　贰零××年壹拾月零捌日
科　目:	收款单位:绿原公司　签发人账号 708—046—1598
对方科目:	人民币(大写)叁仟伍佰壹拾元整
签发日期 20××年 10月 8日	用途　货款　　银行会计分录:
收款单位:绿原公司	上列款项请从我账户内支付　　科目(付)________
金　额: ¥3510.00	对方科目(收):________
用　途: 货款	付讫日期　年　月　日
单位主管　会计	签发人盖章　　复核　记账　审单

人民币(大写)	百	十	万	千	百	十	元	角	分
叁仟伍佰壹拾元整			¥	3	5	1	0	0	0

注:支票分为转账支票(用于转账)和现金支票(用于支取现金)两种,有效期为 10 天。

7. 该月 8 日,销售给大唐公司产品一批,其中销售 22 型手机 5 部,单价 1000 元,销售货款计 5000 元;33 型手机 2 部,单价 3500 元,销售货款计 7000 元,增值税税率 17%,全部款项已收妥入账。

天津市增值税专用发票

№:22247320

记账联

开票日期:　　年　月　日

<table>
<tr><td rowspan="2">购货单位</td><td>名称</td><td colspan="5">大唐公司</td><td colspan="9">纳税人登记号</td><td colspan="7">478038362137868</td></tr>
<tr><td>地址电话</td><td colspan="5">天津南京路10号;81614123</td><td colspan="9">开户银行及账号</td><td colspan="7">工行南京路31—529</td></tr>
<tr><td rowspan="2">货物或应税劳务名称</td><td rowspan="2">规格型号</td><td rowspan="2">计量单位</td><td rowspan="2">数量</td><td rowspan="2">单价</td><td colspan="8">金额</td><td rowspan="2">税率</td><td colspan="6">税额</td></tr>
<tr><td>十</td><td>万</td><td>千</td><td>百</td><td>十</td><td>元</td><td>角</td><td>分</td><td>千</td><td>百</td><td>十</td><td>元</td><td>角</td><td>分</td></tr>
<tr><td></td><td></td><td></td><td></td><td></td><td></td><td></td><td></td><td></td><td></td><td></td><td></td><td></td><td></td><td></td><td></td><td></td><td></td><td></td><td></td></tr>
<tr><td></td><td></td><td></td><td></td><td></td><td></td><td></td><td></td><td></td><td></td><td></td><td></td><td></td><td></td><td></td><td></td><td></td><td></td><td></td><td></td></tr>
<tr><td></td><td></td><td></td><td></td><td></td><td></td><td></td><td></td><td></td><td></td><td></td><td></td><td></td><td></td><td></td><td></td><td></td><td></td><td></td><td></td></tr>
<tr><td>合计</td><td></td><td></td><td></td><td></td><td></td><td></td><td></td><td></td><td></td><td></td><td></td><td></td><td></td><td></td><td></td><td></td><td></td><td></td><td></td></tr>
<tr><td>价税合计</td><td colspan="19">¥</td></tr>
<tr><td rowspan="2">销货单位</td><td>名称</td><td colspan="5"></td><td colspan="9">纳税人登记号</td><td colspan="4"></td></tr>
<tr><td>地址电话</td><td colspan="5"></td><td colspan="9">开户银行及账号</td><td colspan="4"></td></tr>
</table>

第　　联

销货单位(章)　　收款人:××　　复核:×××　　开票人:××

第1001号

出　库　单

收货单位:大唐公司　　20××年10月8日

货号	品名	单位	数量	单价(元/部)	金额	备注
22型	手机	部	5	1000	5000.00	
33型	手机	部	2	3500	7000.00	
合计					¥12000.00	

负责人:　　发货经手人:

中国农业银行进账单(收账通知)　1

年　月　日　　第161号

<table>
<tr><td rowspan="3">付款人</td><td>全称</td><td colspan="3"></td><td rowspan="3">收款人</td><td>全称</td><td colspan="10"></td></tr>
<tr><td>账号</td><td colspan="3"></td><td>账号</td><td colspan="10"></td></tr>
<tr><td>开户银行</td><td colspan="3"></td><td>开户银行</td><td colspan="10"></td></tr>
<tr><td colspan="2" rowspan="2">人民币
(大写)</td><td colspan="3" rowspan="2"></td><td colspan="2"></td><td>千</td><td>百</td><td>十</td><td>万</td><td>千</td><td>百</td><td>十</td><td>元</td><td>角</td><td>分</td></tr>
<tr><td colspan="2"></td><td></td><td></td><td></td><td></td><td></td><td></td><td></td><td></td><td></td><td></td></tr>
<tr><td colspan="2">用途</td><td colspan="3">货款</td><td colspan="12" rowspan="3">收款人开户银行盖章</td></tr>
<tr><td>票据张数</td><td>1</td><td>票据种类</td><td colspan="2">转账支票</td></tr>
<tr><td colspan="5">单位主管　会计　复核　记账</td></tr>
</table>

8. 该月 10 日，向赤兔公司购入丙材料一批 10 吨，单价 420 元，货款 4200 元，增值税税率 17%，另加付运费 300 元(销售应税货物而支付的运输费用，依 10% 的扣除率计算进项税额予以抵扣。即运费的增值税进项税额为 30 元，净运费 270 元)，用转账支票结算方式。

天津市增值税专用发票　　　　№:23720061

发票联

开票日期:20××年 10 月 10 日

<table>
<tr><td rowspan="2">购货单位</td><td>名称</td><td colspan="3">如意通信有限公司</td><td colspan="8">纳税人登记号</td><td colspan="7">001202252001356</td></tr>
<tr><td>地址电话</td><td colspan="3">津春城路 20 号;23458888</td><td colspan="8">开户银行及账号</td><td colspan="7">农行红旗路 708—046—1598</td></tr>
<tr><td rowspan="2">货物或应税劳务名称</td><td rowspan="2">规格型号</td><td rowspan="2">计量单位</td><td rowspan="2">数量</td><td rowspan="2">单价</td><td colspan="8">金额</td><td rowspan="2">税率</td><td colspan="6">税额</td></tr>
<tr><td>十</td><td>万</td><td>千</td><td>百</td><td>十</td><td>元</td><td>角</td><td>分</td><td>千</td><td>百</td><td>十</td><td>元</td><td>角</td><td>分</td></tr>
<tr><td></td><td></td><td></td><td></td><td></td><td></td><td></td><td></td><td></td><td></td><td></td><td></td><td></td><td></td><td></td><td></td><td></td><td></td><td></td><td></td></tr>
<tr><td></td><td></td><td></td><td></td><td></td><td></td><td></td><td></td><td></td><td></td><td></td><td></td><td></td><td></td><td></td><td></td><td></td><td></td><td></td><td></td></tr>
<tr><td></td><td></td><td></td><td></td><td></td><td></td><td></td><td></td><td></td><td></td><td></td><td></td><td></td><td></td><td></td><td></td><td></td><td></td><td></td><td></td></tr>
<tr><td>合计</td><td></td><td></td><td></td><td></td><td></td><td></td><td></td><td></td><td></td><td></td><td></td><td></td><td></td><td></td><td></td><td></td><td></td><td></td><td></td></tr>
<tr><td>价税合计</td><td colspan="19">¥</td></tr>
<tr><td rowspan="2">销货单位</td><td>名称</td><td colspan="3">赤兔公司</td><td colspan="8">纳税人登记号</td><td colspan="7">504259687374777</td></tr>
<tr><td>地址电话</td><td colspan="3">蓟县别山镇;80825563</td><td colspan="8">开户银行及账号</td><td colspan="7">蓟县建设银行 18—316</td></tr>
</table>

第　联

销货单位(章)　　　　收款人:××　　　　复核:×××　　　　开票人:××

天津市增值税专用发票　　　　№:23720061

抵扣联

开票日期:20××年 10 月 10 日

<table>
<tr><td rowspan="2">购货单位</td><td>名称</td><td colspan="3">如意通信有限公司</td><td colspan="8">纳税人登记号</td><td colspan="7">001202252001356</td></tr>
<tr><td>地址电话</td><td colspan="3">津春城路 20 号;23458888</td><td colspan="8">开户银行及账号</td><td colspan="7">农行红旗路 708—046—1598</td></tr>
<tr><td rowspan="2">货物或应税劳务名称</td><td rowspan="2">规格型号</td><td rowspan="2">计量单位</td><td rowspan="2">数量</td><td rowspan="2">单价</td><td colspan="8">金额</td><td rowspan="2">税率</td><td colspan="6">税额</td></tr>
<tr><td>十</td><td>万</td><td>千</td><td>百</td><td>十</td><td>元</td><td>角</td><td>分</td><td>千</td><td>百</td><td>十</td><td>元</td><td>角</td><td>分</td></tr>
<tr><td></td><td></td><td></td><td></td><td></td><td></td><td></td><td></td><td></td><td></td><td></td><td></td><td></td><td></td><td></td><td></td><td></td><td></td><td></td><td></td></tr>
<tr><td></td><td></td><td></td><td></td><td></td><td></td><td></td><td></td><td></td><td></td><td></td><td></td><td></td><td></td><td></td><td></td><td></td><td></td><td></td><td></td></tr>
<tr><td></td><td></td><td></td><td></td><td></td><td></td><td></td><td></td><td></td><td></td><td></td><td></td><td></td><td></td><td></td><td></td><td></td><td></td><td></td><td></td></tr>
<tr><td>合计</td><td></td><td></td><td></td><td></td><td></td><td></td><td></td><td></td><td></td><td></td><td></td><td></td><td></td><td></td><td></td><td></td><td></td><td></td><td></td></tr>
<tr><td>价税合计</td><td colspan="19">¥</td></tr>
<tr><td rowspan="2">销货单位</td><td>名称</td><td colspan="3">赤兔公司</td><td colspan="8">纳税人登记号</td><td colspan="7">504259687374777</td></tr>
<tr><td>地址电话</td><td colspan="3">蓟县别山镇;80825563</td><td colspan="8">开户银行及账号</td><td colspan="7">蓟县建设银行 18—316</td></tr>
</table>

第　联

销货单位(章)　　　　收款人:××　　　　复核:×××　　　　开票人:××

中国农业银行转账支票存根(津) 支票号码№.2187 科　　目: 对方科目: 签发日期　　年　月　日 收款单位: 金　额: 用　途: 单位主管　　会计	**中国农业银行转账支票(津)**　　支票号码№.2187 签发日期　　　　年　　月　　日 收款单位:　　　　　　签发人账号 708—046—1598 人民币(大写)　百 十 万 千 百 十 元 角 分 用途 上列款项请从我账户内支付 签发人盖章	银行会计分录: 科目(付) 对方科目(收): 付讫日期　　年　月　日 复核　记账　审单

9. 该月 10 日,向德龙公司购入丙材料一批 15 吨,单价 400 元,货款 6000 元;购入丁材料 4 吨,单价 2000 元,货款 8000 元,增值税税率 17%。购买材料的货款尚未支付。

河北省增值税专用发票　　№:27325052

发票联

开票日期:　　　年　月　日

购货单位	名称					纳税人登记号															
	地址电话					开户银行及账号															
货物或应税劳务名称	规格型号	计量单位	数量	单价	金额 十	万	千	百	十	元	角	分	税率	税额 千	百	十	元	角	分		
合计																					
价税合计	¥																				
销货单位	名称	德龙公司				纳税人登记号	41308571917024														
	地址电话	保定市乐凯路,82110537				开户银行及账号	保定交通银行 273—1300														

第　联

销货单位(章)　　收款人:××　　复核:×××　　开票人:××

河北省增值税专用发票

№:27325052

抵扣联

开票日期：　　年　月　日

购货单位	名称		纳税人登记号	
	地址电话		开户银行及账号	

货物或应税劳务名称	规格型号	计量单位	数量	单价	金额								税率	税额					
					十	万	千	百	十	元	角	分		千	百	十	元	角	分
合计																			
价税合计	¥																		

销货单位	名称	德龙公司	纳税人登记号	41308571917024
	地址电话	保定市乐凯路,82110537	开户银行及账号	保定交通银行 273—1300

第　联

销货单位(章)　　收款人：××　　复核：×××　　开票人：××

10. 该月 10 日,公司开出现金支票,支付给德龙公司承运丙材料和丁材料的运输费用 1900 元(运输费用按照丙材料和丁材料的重量进行分配)。

保定市公路货运收费发票

交运(二)

发票联

(04)№.822197

开户银行及账号：

20××年 10 月 10 日

托运单位	如意通信有限公司	受理单位	德龙公司	受理编号	04—101 号
装货地点	保定市乐凯路	承运单位	德龙公司	运输合同	运 287 号
卸货地点	天津春城路 20 号	计吨办法	0.714/吨公里	计费里程	140 公里

货物名称	件数	包装	规格	重量	货等级	周转量	空驶费率	比价率	金额
丙材料				15 吨					1500.00
丁材料				4 吨					400.00
包车原因					包车费率				
加减成条件							加减成 ±　　%		
合计金额	壹仟玖佰元整						合计		¥1900.00

制票单位：　　制票人：××　　复核：×××　　收费章：

<table>
<tr><td>中国农业银行现金支票存根(津)
支票号码№.4531
科　　目:
对方科目:
签发日期　　年　月　日
收款单位:________
金　额:________
用　途:________

单位主管　　会计</td><td>中国农业银行现金支票(津)　　支票号码№.4531
签发日期　　　年　　月　　日
收款单位:________________　签发人账号 708—046—1598
<table><tr><td rowspan="2">人民币
(大写)</td><td>百</td><td>十</td><td>万</td><td>千</td><td>百</td><td>十</td><td>元</td><td>角</td><td>分</td></tr><tr><td></td><td></td><td></td><td></td><td></td><td></td><td></td><td></td><td></td></tr></table>用途________________　　银行会计分录:
上列款项申请由如意通信有限公司账户内付给　　科目(付)........
对方科目(收):........
付讫日期　　年　月　日
签发人盖章　　　　复核　　记账　　审单</td></tr>
</table>

(请收款单位或收款人在背面盖章)　　　　贴对号单处

11. 该月10日,财务科开出现金支票从银行提取现金35415元,以备发放职工工资。

<table>
<tr><td>中国农业银行现金支票存根(津)
支票号码№.4532
科　　目:
对方科目:
签发日期　　年　月　日
收款单位:________
金　额:________
用　途:________

单位主管　　会计</td><td>中国农业银行现金支票(津)　　支票号码№.4532
签发日期　　　年　　月　　日
收款单位:________________　签发人账号 708—046—1598
<table><tr><td rowspan="2">人民币
(大写)</td><td>百</td><td>十</td><td>万</td><td>千</td><td>百</td><td>十</td><td>元</td><td>角</td><td>分</td></tr><tr><td></td><td></td><td></td><td></td><td></td><td></td><td></td><td></td><td></td></tr></table>用途________________　　银行会计分录:
上列款项申请由如意通信有限公司账户内付给　　科目(付)........
对方科目(收):........
付讫日期　　年　月　日
签发人盖章　　　　复核　　记账　　审单</td></tr>
</table>

(请收款单位或收款人在背面盖章)　　　　贴对号单处

12. 该月10日,公司用银行存款支付上月应交增值税及附加税费8935.5元。该项经济业务发生后,取得的原始凭证为“中华人民共和国税收缴款书(国)”、“中华人民共和国税收缴款书(地)”。(见表)

注:“国”:国家税务局的简称,“地”:地方税务局的简称。

中华人民共和国
税收缴款书

国

隶属关系：　　　　　　　　　　　　　　　　　　　　(04)津国通缴 № 3253851

经济类型：　　　填发日期：　　××年10月10日　　　　征收机关：

通

缴款单位（人）			预算科目												
代码	11250373		款	增值税 42404											
全称	如意通信有限公司		项												
开户银行	农行天津分行红旗路分理处		级次	中央 75%　区县 25%											
账号	708—046—1598		收款国库	南开支库 062											
税款所属时期：	20××年9月		税款限缴日期：	20××年10月10日											
品目名称	课税数量	计税金额或销售收入	税率或单位税额	已缴或扣除额	实缴金额										
					亿	千	百	十	万	千	百	十	元	角	分
手机		65,000.00	17%	3000						8	0	5	0	0	0
城市维护建设税	随增值税、消费税、营业税的税额征收			%											
教育费附加	随增值税、消费税、营业税的税额征收			%											
防洪工程维护费	随增值税、消费税、营业税的税额征收			%											
金额合计（大写）	⊗ 万 捌 仟 零 佰 伍 拾 零 元 零 角 零 分								¥	8	0	5	0	0	0
缴款单位（人）（盖章） 经办人（章）	税务机关（盖章） 填票人（章）	上列款项已收妥并划转收款单位账户 国库（银行）盖章　年　月　日			备注：										

第一联（收据）国库（经收处）收款盖章后退缴款单位（人）作完税凭证

中华人民共和国
税收缴款书

地

隶属关系：　　　　　　　　　　　　　　　　(04)津地通缴 № 1004693

通

经济类型：有限责任公司　　填发日期：　　××年10月10日　　征收机关：

缴款单位(人)	代码	11250373	预算科目	款	
	全称	如意通信有限公司		项	
	开户银行	农行天津分行红旗路分理处		级次	
	账号	708—046—1598	收款国库		
税款所属时期：		20××年9月	税款限缴日期：		20××年10月10日

品目名称	课税数量	计税金额或销售收入	税率或单位税额	已缴或扣除额	实缴金额 亿	千	百	十	万	千	百	十	元	角	分
城市维护建设税		8050.00	7%								5	6	3	5	0
教育费附加		8050.00	3%								2	4	1	5	0
防洪工程维护费		8050.00	1%									8	0	5	0
金额合计(大写)	万　仟　佰	拾　元	角　分							¥	8	8	5	5	0

缴款单位(人)（盖章） 经办人(章)	税务机关（盖章） 填票人(章)	上列款项已收妥并划转收款单位账户 国库(银行)盖章　　年　　月　　日	备注：

第一联(收据)国库(银行)收款盖章后退缴款单位(人)作完税凭证

13. 该月 10 日，公司以现金 35415 元，支付职工工资；并根据工资结算汇总表结算有关代扣款项。

工资结算汇总表 单位：元

部门		应付工资					代扣款项		实发工资	领款签章
		基本	奖金	津贴	扣保险	合计	托儿费	房租		
22 型车间	工人	7500	1900	2650	1100	10950	850	1103	8997	××
	干部	2000	500	600	300	2800	360	927	1513	×××
33 型车间	工人	8500	2200	3100	1260	12540	490	1100	10950	××
	干部	2500	550	620	305	3365		690	2675	×××
机修车间		4600	490	1600	680	6010	900		5110	××
厂部		5000	1170	1500	750	6920		750	6170	×××
合计		30100	6810	10070	4395	42585	2600	4570	35415	

制表人：×× 记账：

14. 该月 17 日，公司购买办公用品 520 元，以转账支票支付。

商业零售专用发票

购货人：如意通信有限公司 发票联 20××年 10 月 17 日 商字(三)

商品名称	规格	数量	单位	单价	十	万	千	百	十	元	角	分
夹子		40	付	3.00				1	2	0	0	0
档案袋		55	个	2.00				1	1	0	0	0
复印纸		10	包	29.00				2	9	0	0	0
合计							¥	5	2	0	0	0
合计(大写)	伍佰贰拾元整											

企业名称：莲花超市 会计： 制表：

中国农业银行转账支票存根(津)

支票号码№.2188

科　　目：

对方科目：

签发日期　　年　月　日

收款单位：

金　　额：

用　　途：

单位主管　　会计

中国农业银行转账支票(津) 支票号码№.2188

签发日期　　年　月　日

收款单位：________ 签发人账号 708—046—1598

人民币(大写)	百	十	万	千	百	十	元	角	分

用途________ 银行会计分录：

上列款项请从我账户内支付 科目(付)________

对方科目(收)：________

付讫日期　　年　月　日

签发人盖章 复核　记账　审单

15. 该月 18 日,以转账支票支付开西广告公司广告费 50000 元,款项已从银行划出。开西广告公司开户行:中国银行天津分行;账号 601—9658。

<table>
<tr><td rowspan="12">中国农业银行转账支票存根
(津)
支票号码№.2189
科　　目:
对方科目:
签发日期　　年　月　日
收款单位:________
金　额:________
用　途:________
单位主管　　会计</td><td colspan="10">中国农业银行转账支票(津)　　　支票号码№.2189
签发日期　　　年　月　日
收款单位:____________　签发人账号 708—046—1598</td></tr>
<tr><td rowspan="2">人民币
(大写)</td><td>百</td><td>十</td><td>万</td><td>千</td><td>百</td><td>十</td><td>元</td><td>角</td><td>分</td></tr>
<tr><td></td><td></td><td></td><td></td><td></td><td></td><td></td><td></td><td></td></tr>
<tr><td colspan="10">用途____________　　　银行会计分录:
上列款项请从我账户内支付　　科目(付)........
对方科目(收):........
付讫日期　　年　月　日
签发人盖章　　　　复核　记账　审单</td></tr>
</table>

天津市广告业专用发票　　第 4054212 号

发 票 联　　广字(三)04(甲)

客户名称:如意通信有限公司　　20××年 10 月 18 日

项　目	摘要	数量	单价	百	十	万	千	百	十	元	角	分
	广告费											
合计												
合计(大写)												

广告收费专用章:　　　　地址:　　　　开票人:

中国农业银行进账单(受理回执)　3

年　月　日　　　　第 187 号

<table>
<tr><td rowspan="3">付款人</td><td>全称</td><td colspan="3"></td><td rowspan="3">收款人</td><td>全称</td><td colspan="10"></td></tr>
<tr><td>账号</td><td colspan="3"></td><td>账号</td><td colspan="10"></td></tr>
<tr><td>开户银行</td><td colspan="3"></td><td>开户银行</td><td colspan="10"></td></tr>
<tr><td colspan="2" rowspan="2">人民币
(大写)</td><td colspan="4" rowspan="2"></td><td>千</td><td>百</td><td>十</td><td>万</td><td>千</td><td>百</td><td>十</td><td>元</td><td>角</td><td>分</td></tr>
<tr><td></td><td></td><td></td><td></td><td></td><td></td><td></td><td></td><td></td><td></td></tr>
<tr><td colspan="2">用途</td><td colspan="4"></td><td colspan="11" rowspan="3">收款人开户银行盖章</td></tr>
<tr><td colspan="2">票据张数</td><td>1</td><td>票据种类</td><td colspan="2">转账支票</td></tr>
<tr><td colspan="6">单位主管　会计　复核　记账</td></tr>
</table>

16. 该月 22 日,向银行申请办理汇票,以 13000 元支付前欠青锋公司的购料款,邮电费 50 元,手续费 1 元。该项业务发生后,取得的原始凭证为“银行汇票委托书(回单)”、“手续费收据”、“邮电

费收据”。

中国农业银行汇票委托书(回单)

委托日期　　年　　月　　日　　　　第003号

<table>
<tr><td>汇款人</td><td colspan="4"></td><td>收款人</td><td>青锋公司</td></tr>
<tr><td>账号和住址</td><td colspan="4"></td><td>账号和住址</td><td>商业银行19—302,成都武侯3号</td></tr>
<tr><td>兑付地点</td><td>省市</td><td>兑付行</td><td colspan="2"></td><td>汇款用途</td><td>货款</td></tr>
<tr><td>汇款金额</td><td colspan="6">人民币(大写)　　　　　　　　　　　　¥</td></tr>
<tr><td colspan="5">备注:</td><td colspan="2">科目:
对方科目:
财务主管:　　复核:　　经办:</td></tr>
</table>

中国农业银行天津市分行　　　邮电费收据　①

账号　　　　户名　　　　　　年　　月　　日

<table>
<tr><td colspan="2" rowspan="2">结 算 种 类</td><td rowspan="2">每笔
邮费</td><td rowspan="2">每笔
电报费</td><td rowspan="2">邮划
份数</td><td rowspan="2">电划
份数</td><td colspan="7">金 额</td><td rowspan="2">银行盖章</td></tr>
<tr><td>万</td><td>千</td><td>百</td><td>十</td><td>元</td><td>角</td><td>分</td></tr>
<tr><td rowspan="2">汇兑</td><td>信汇</td><td>1.00</td><td></td><td></td><td></td><td></td><td></td><td></td><td></td><td></td><td></td><td></td><td rowspan="10"></td></tr>
<tr><td>电汇</td><td></td><td>1%</td><td></td><td></td><td></td><td></td><td></td><td></td><td></td><td></td><td></td></tr>
<tr><td rowspan="2">委托
收款</td><td>邮寄回</td><td>2.00</td><td></td><td></td><td></td><td></td><td></td><td></td><td></td><td></td><td></td><td></td></tr>
<tr><td>电划回</td><td></td><td>1%</td><td></td><td></td><td></td><td></td><td></td><td></td><td></td><td></td><td></td></tr>
<tr><td rowspan="2">汇票</td><td>银行汇票</td><td>1.00</td><td></td><td></td><td></td><td></td><td></td><td></td><td></td><td></td><td></td><td></td></tr>
<tr><td>银行承兑汇票</td><td>1.00</td><td></td><td></td><td></td><td></td><td></td><td></td><td></td><td></td><td></td><td></td></tr>
<tr><td rowspan="2">单位主动
查询退汇</td><td>信件查询退汇</td><td>1.00</td><td></td><td></td><td></td><td></td><td></td><td></td><td></td><td></td><td></td><td></td></tr>
<tr><td>电报查询退汇</td><td></td><td>3.00</td><td></td><td></td><td></td><td></td><td></td><td></td><td></td><td></td><td></td></tr>
<tr><td>合 计</td><td></td><td></td><td></td><td></td><td></td><td></td><td></td><td></td><td></td><td></td><td></td><td></td></tr>
<tr><td colspan="2">大 写 金 额</td><td colspan="11">万　仟　佰　拾　元　角　分</td></tr>
</table>

出纳　　　复核　　　记账　　　制票

中国农业银行天津市分行　　　手续费收据　①

账号　　　　户名　　　　年　月　日

<table>
<tr><td rowspan="2">结 算 种 类</td><td rowspan="2">份数</td><td>每笔</td><td colspan="8">金 额</td><td rowspan="2">银行盖章</td></tr>
<tr><td>单价</td><td>十</td><td>万</td><td>千</td><td>百</td><td>十</td><td>元</td><td>角</td><td>分</td></tr>
<tr><td>汇兑(信汇,电汇,银行汇票)</td><td></td><td>1.00</td><td></td><td></td><td></td><td></td><td></td><td></td><td></td><td></td><td rowspan="7"></td></tr>
<tr><td>委托收款(邮,电)</td><td></td><td>2.00</td><td></td><td></td><td></td><td></td><td></td><td></td><td></td><td></td></tr>
<tr><td>本票、支票</td><td></td><td>1.50</td><td></td><td></td><td></td><td></td><td></td><td></td><td></td><td></td></tr>
<tr><td>单位主动查询(信,电查询)</td><td></td><td>1.00</td><td></td><td></td><td></td><td></td><td></td><td></td><td></td><td></td></tr>
<tr><td>退汇(信,电退汇)</td><td></td><td>1.10</td><td></td><td></td><td></td><td></td><td></td><td></td><td></td><td></td></tr>
<tr><td>合 计</td><td></td><td></td><td></td><td></td><td></td><td></td><td></td><td></td><td></td><td></td></tr>
<tr><td>大 写 金 额</td><td colspan="10">万　仟　佰　拾　元　角　分</td></tr>
</table>

出纳　　　复核　　　记账　　　制票

17. 该月 24 日,上月一笔应付九顶公司的账款 4000 元,批准列入企业的资本公积。因经核实对方机构撤销确实无法支付。该项经济业发生后,取得的原始凭证为“如意通信有限公司董事会的授权批准书”(略)。

18. 该月 25 日,公司收到银行转来的电费付款通知,该月电费 4000 元,经查电表确定车间生产用电 5000 度,管理部门用电 3000 度。

同城委托收款凭证(付款通知) ③

委托日期 20××年 10 月 25 日 第×××号

<table>
<tr><td rowspan="3">付款人</td><td>全称</td><td>如意通信有限公司</td><td rowspan="3">收款人</td><td>全称</td><td colspan="10">西城电业局</td></tr>
<tr><td>账号</td><td>708—046—1598</td><td>账号</td><td colspan="10">31 – 75 – 226</td></tr>
<tr><td>开户银行</td><td>农行红旗路分理处</td><td>开户银行</td><td colspan="10">商行长江道分理处</td></tr>
<tr><td rowspan="2">委托金额</td><td rowspan="2" colspan="4">人民币(大写)肆仟元整</td><td>千</td><td>百</td><td>十</td><td>万</td><td>千</td><td>百</td><td>十</td><td>元</td><td>角</td><td>分</td></tr>
<tr><td></td><td></td><td></td><td>¥</td><td>4</td><td>0</td><td>0</td><td>0</td><td>0</td><td>0</td></tr>
<tr><td>款项内容</td><td>电费</td><td>委托收款凭证名称</td><td></td><td>附寄单证张数</td><td colspan="10">15 张</td></tr>
<tr><td colspan="4">备注:</td><td colspan="11">付款单位须知:</td></tr>
</table>

单位主管 会计 复核 记账 付款人开户行收到日期: 年 月 日

如意通信有限公司电费分配表 20××年 10 月

用电单位	用电量(度)	电费分配(元)
车间生产用电	5000.00	2500.00
管理部门用电	3000.00	1500.00
合计	8000.00	4000.00

审核: ××× 填表:××

19. 该月 25 日,公司收到银行转来的付款通知,该月电话费 3560 元。

同城委托收款凭证(付款通知) ③

委托日期 20××年10月25日　　第0045号

<table>
<tr><td rowspan="3">付款人</td><td>全称</td><td></td><td rowspan="3">收款人</td><td>全称</td><td colspan="10">天津南开网通公司</td></tr>
<tr><td>账号</td><td></td><td>账号</td><td colspan="10">161－3869</td></tr>
<tr><td>开户银行</td><td></td><td>开户银行</td><td colspan="10">工行华苑分理处</td></tr>
<tr><td rowspan="2">委托金额</td><td rowspan="2" colspan="4">人民币(大写)</td><td>千</td><td>百</td><td>十</td><td>万</td><td>千</td><td>百</td><td>十</td><td>元</td><td>角</td><td>分</td></tr>
<tr><td></td><td></td><td></td><td></td><td></td><td></td><td></td><td></td><td></td><td></td></tr>
<tr><td>款项内容</td><td></td><td>委托收款凭证名称</td><td colspan="2"></td><td colspan="4">附寄单证张数</td><td colspan="6">4张</td></tr>
<tr><td colspan="5">备注:</td><td colspan="10">付款单位须知:</td></tr>
</table>

单位主管　会计　复核　记账　付款人开户行收到日期:　年　月　日

20. 该月26日,公司业务员林建参加展销会回来,报销差旅费800元,退回现金100元。

天津市国家税务局工商统一

收据　　№.0214693

年　月　日　　③

今收到＿＿＿＿＿＿＿＿＿＿＿＿＿＿＿

交来＿＿＿＿＿＿＿＿＿＿＿＿＿＿＿＿

人民币(大写)＿＿＿＿＿＿＿＿＿＿¥＿＿＿＿＿＿

收款单位

公　章＿＿＿＿　　收款人:　　交款人:

注:本收据只作一切单位之间的"应收应付款"、"暂收暂付款"结算往来账款凭证,不得以本收据代替发票使用。

差旅费报销单

原始凭证16张　　20××年10月26日

<table>
<tr><td colspan="2">单位名称</td><td colspan="2">市场部</td><td>姓名</td><td>林建</td><td>职务</td><td>部门经理</td></tr>
<tr><td colspan="2">出差事由</td><td colspan="2">展销会</td><td rowspan="2">出差日期</td><td colspan="3">自20××年10月20日</td></tr>
<tr><td colspan="2">到达地点</td><td colspan="2">承德</td><td colspan="3">至20××年10月25日</td></tr>
<tr><td rowspan="3">项目金额</td><td colspan="4">交通费</td><td>住宿费</td><td colspan="2">伙食补助</td></tr>
<tr><td>火车</td><td>汽车</td><td>轮船</td><td>其他</td><td>第二等房间6天</td><td>在途1天</td><td>住勤6天</td></tr>
<tr><td>90.00</td><td>60.00</td><td></td><td>35.00</td><td>420.00</td><td>15.00</td><td>180.00</td></tr>
<tr><td colspan="5">总计金额人民币(大写)捌佰元整</td><td colspan="3">¥800.00</td></tr>
<tr><td colspan="3">审批:徐树</td><td colspan="2">领款人:林建</td><td colspan="3">备注</td></tr>
</table>

财务主管:赵甲　　出纳员:孙玉

21. 该月26日,采购员周舟借支差旅费2350元,用现金支付。

<table>
<tr><td rowspan="1">中国农业银行现金支票存根(津)
支票号码№.4533
科　　目:
对方科目:
签发日期　　年　月　日
收款单位:________
金　额:________
用　途:________

单位主管　　会计</td>
<td>中国农业银行现金支票(津)　　支票号码№.4533
签发日期　　年　　月　　日
收款单位:________________　签发人账号 708—046—1598
<table>
<tr><td rowspan="2">人民币
(大写)</td><td>百</td><td>十</td><td>万</td><td>千</td><td>百</td><td>十</td><td>元</td><td>角</td><td>分</td></tr>
<tr><td></td><td></td><td></td><td></td><td></td><td></td><td></td><td></td><td></td></tr>
</table>
用途________________　　银行会计分录:
上列款项申请由如意通信有限公司账户内付给　科目(付)........

付讫日期　　年　月　日
签发单位盖章　　出纳　复核　记账</td></tr>
</table>

(请收款单位或收款人在背面盖章)　　　　贴对号单处

借　款　单

资金性质________　　　　20××年10月26日

<table>
<tr><td colspan="3">借款单位:采购科周舟</td></tr>
<tr><td colspan="3">借款理由:赴上海调研</td></tr>
<tr><td colspan="3">借款数额:人民币(大写)贰仟叁佰伍拾元整　　　¥2350.00</td></tr>
<tr><td>领导意见
同意
徐树</td><td>财务主管核批
同意
赵甲</td><td>借款人:(签章)周舟
20××年10月26日</td></tr>
</table>

22. 该月28日,公司采用电汇结算方式,用银行存款支付前欠德龙公司购料款23380元,邮电费50元,手续费1元。

中国农业银行电汇凭证(回单)

委托日期　　年　　月　　日　　　　　　第006号

<table>
<tr><td rowspan="3">汇款人</td><td>全称</td><td colspan="2"></td><td rowspan="3">收款人</td><td>全称</td><td colspan="10">德龙公司</td></tr>
<tr><td>账号</td><td colspan="2"></td><td>账号</td><td colspan="10">237—586—04</td></tr>
<tr><td>汇出地点</td><td></td><td>汇出行名</td><td>汇入地点</td><td colspan="4">开封中原路8号</td><td colspan="4">汇入行名</td><td colspan="2">建行</td></tr>
<tr><td rowspan="2">金额</td><td colspan="5" rowspan="2">人民币:
(大写)</td><td>千</td><td>百</td><td>十</td><td>万</td><td>千</td><td>百</td><td>十</td><td>元</td><td>角</td><td>分</td></tr>
<tr><td></td><td></td><td></td><td></td><td></td><td></td><td></td><td></td><td></td><td></td></tr>
<tr><td colspan="8">汇款用途:
上列款项已委托银行办理,持此回单查询。
单位主管　　会计　　出纳　　记账</td><td colspan="8">(汇出行盖章)

年　月　日</td></tr>
</table>

中国农业银行天津市分行　　　　邮电费收据　①

账号　　　　　　　户名　　　　　　　　　　　　　年　　月　　日

结算种类		每笔邮费	每笔电报费	邮划份数	电划份数	金额							银行盖章
						万	千	百	十	元	角	分	
汇兑	信汇	1.00											
	电汇		1%										
委托收款	邮寄回	2.00											
	电划回		1%										
汇票	银行汇票	1.00											
	银行承兑汇票	1.00											
单位主动查询退汇	信件查询退汇	1.00											
	电报查询退汇		3.00										
合计													
大写金额		万　仟　佰　拾　元　角　分											

出纳　　　　　　复核　　　　　　记账　　　　　　制票

中国农业银行天津市分行　　　　手续费收据　①

账号　　　　　　　户名　　　　　　　　年　月　日

结算种类	份数	每笔单价	金额								银行盖章
			十	万	千	百	十	元	角	分	
汇兑(信汇,电汇,银行汇票)		1.00									
委托收款(邮,电)		2.00									
本票、支票		1.50									
单位主动查询(信,电查询)		1.00									
退汇(信,电退汇)		1.10									
合计											
大写金额	万　仟　佰　拾　元　角　分										

出纳　　　　　　复核　　　　　　记账　　　　　　制票

23. 该月28日,公司销售给东方有限公司33型手机53部,单价3000元,货款159000元,增值税税率17%。收到两个月期限商业汇票一张。

天津市增值税专用发票

№:23705069

记账联

开票日期：　　　年　月　日

购货单位	名称	东方有限公司	纳税人登记号	953000451222648
	地址电话	上海申花路7号;84941770	开户银行及账号	农行外滩分理处,02—430—15

货物或应税劳务名称	规格型号	计量单位	数量	单价	金额								税率	税额						
					十	万	千	百	十	元	角	分		万	千	百	十	元	角	分
合计																				
价税合计	¥																			

销货单位	名称		纳税人登记号	
	地址电话		开户银行及账号	

第　联

销货单位(章)　　　收款人：××　　　复核：×××　　　开票人：××

商业承兑汇票

委托日期　20××年10月28日　　　第010号

付款人	全称		收款人	全称	
	账号			账号	
	开户银行			开户银行	

汇票金额	人民币(大写)	千	百	十	万	千	百	十	元	角	分

汇票到期日	20××年12月27日	交易合同号码：
本汇票已经本单位承兑,到期日无条件支付票款。 此致!　　付款人盖章 负责人　　经办人 年　月　日		汇票签发人盖章 负责人　　经办人

出　库　单

第1002号

收货单位＿＿＿＿＿＿＿＿　　　年　月　日

货号	品名	单位	数量	单价	金额	备注
合计					¥	

负责人：　　　　发货经手人：

24. 该月29日,公司盘点财产物资,发现盘亏一台电机,原值2500元,已经提取折旧2000元;

盘盈丙材料 0.3 吨。原因不明。其中原始凭证“材料盘点盈亏报告表”(略)。

固定资产盘点盈亏报告表

部门:33 型车间　　　　清查日期:20××年 10 月 29 日　　　　第 1 页

设备编号	设备名称	设备型号	原值	已提折旧	盈、亏	净损失	备注	
0015	电机	DA—11R	2500.00	2000.00	盘亏	500.00		

车间主任:×××　　　　清查人员(签章)

25. 该月 29 日,向金羊城公司购入甲材料一批 200 千克,单价 50 元,计 10000 元;乙材料一批 60 盒,单价 100 元,计 6000 元,增值税税率 17%。货款从银行电汇,邮电费 50 元,手续费 1 元。

广州市增值税专用发票

№:8347341

发票联

开票日期:　　　年　月　日

<table>
<tr><td rowspan="2">购货单位</td><td>名称</td><td colspan="7"></td><td colspan="5">纳税人登记号</td><td colspan="6"></td></tr>
<tr><td>地址电话</td><td colspan="7"></td><td colspan="5">开户银行及账号</td><td colspan="6"></td></tr>
<tr><td rowspan="2" colspan="2">货物或应税劳务名称</td><td rowspan="2">规格型号</td><td rowspan="2">计量单位</td><td rowspan="2">数量</td><td rowspan="2">单价</td><td colspan="8">金额</td><td rowspan="2">税率</td><td colspan="6">税额</td></tr>
<tr><td>十</td><td>万</td><td>千</td><td>百</td><td>十</td><td>元</td><td>角</td><td>分</td><td>千</td><td>百</td><td>十</td><td>元</td><td>角</td><td>分</td></tr>
<tr><td colspan="2"></td><td></td><td></td><td></td><td></td><td></td><td></td><td></td><td></td><td></td><td></td><td></td><td></td><td></td><td></td><td></td><td></td><td></td><td></td><td></td></tr>
<tr><td colspan="2"></td><td></td><td></td><td></td><td></td><td></td><td></td><td></td><td></td><td></td><td></td><td></td><td></td><td></td><td></td><td></td><td></td><td></td><td></td><td></td></tr>
<tr><td colspan="2"></td><td></td><td></td><td></td><td></td><td></td><td></td><td></td><td></td><td></td><td></td><td></td><td></td><td></td><td></td><td></td><td></td><td></td><td></td><td></td></tr>
<tr><td colspan="2">合计</td><td></td><td></td><td></td><td></td><td></td><td></td><td></td><td></td><td></td><td></td><td></td><td></td><td></td><td></td><td></td><td></td><td></td><td></td><td></td></tr>
<tr><td colspan="2">价税合计</td><td colspan="19">¥</td></tr>
<tr><td rowspan="2">销货单位</td><td>名称</td><td colspan="7"></td><td colspan="5">纳税人登记号</td><td colspan="7"></td></tr>
<tr><td>地址电话</td><td colspan="7"></td><td colspan="5">开户银行及账号</td><td colspan="7"></td></tr>
</table>

第　联

销货单位(章)　　　收款人:××　　　复核:×××　　　开票人:××

广州市增值税专用发票　　№:8347341

抵扣联

开票日期：　　年　月　日

购货单位	名称		纳税人登记号	
	地址电话		开户银行及账号	

货物或应税劳务名称	规格型号	计量单位	数量	单价	金额								税率	税额					
					十	万	千	百	十	元	角	分		千	百	十	元	角	分
合计																			
价税合计																¥			

销货单位	名称		纳税人登记号	
	地址电话		开户银行及账号	

第　联

销货单位(章)　　收款人：××　　复核：×××　　开票人：××

中国农业银行电汇凭证(回单)

委托日期　　年　月　日　　第005号

汇款人	全称			收款人	全称											
	账号				账号											
	汇出地点		汇出行名		汇入地点				汇入行名							
金额	人民币：(大写)					千	百	十	万	千	百	十	元	角	分	
汇款用途：					(汇出行盖章)											
上列款项已委托银行办理，持此回单查询。 单位主管　　会计　　出纳　　记账					年　月　日											

中国农业银行天津市分行　　邮电费收据 ①

账号　　户名　　年　月　日

结算种类		每笔邮费	每笔电报费	邮划份数	电划份数	金额							银行盖章
						万	千	百	十	元	角	分	
汇兑	信汇	1.00											
	电汇		1%										
委托收款	邮寄回	2.00											
	电划回		1%										
汇票	银行汇票	1.00											
	银行承兑汇票	1.00											
单位主动查询退汇	信件查询退汇	1.00											
	电报查询退汇		3.00										
合计													
大写金额		万　仟　佰　拾　元　角　分											

出纳　　复核　　记账　　制票

中国农业银行天津市分行　　　手续费收据　①

账号　　　　　　户名　　　　　　年　月　日

结算种类	份数	每笔单价	金额 十	万	千	百	十	元	角	分	银行盖章
汇兑(信汇,电汇,银行汇票)		1.00									
委托收款(邮,电)		2.00									
本票、支票		1.50									
单位主动查询(信,电查询)		1.00									
退汇(信,电退汇)		1.10									
合　计											
大写金额	万　仟　佰　拾　元　角　分										

出纳　　　　复核　　　　记账　　　　制票

26. 该月31日,开现金支票取钱,付给平安运输公司承运甲材料200千克、乙材料60盒的运输费用1600元(运输费用按照甲材料和乙材料的价值进行分配)。

广州市公路货运收费发票　　交运(二)

发票联　　　　(04)№.822201

开户银行及账号:　　　　　　20××年10月31日

托运单位	如意通信有限公司			受理单位	平安运输公司		受理编号		04—124号
装货地点	广州中山路20			承运单位	平安运输公司		运输合同		运291号
卸货地点	天津春城路20号			计吨办法	/吨公里		计费里程		公里
货物名称	件数	包装	规格	价值	货等级	周转量	空驶率	比价率	金额
甲材料				10000元					1000.00
乙材料				6000元					600.00
包车原因	运货				包车费率				
加减成条件							加减成±	%	
合计金额	壹仟陆佰元整						合计		¥1600.00

制票单位:　　　　制票人:××　　　　复核:×××　　　　收费章:

中国农业银行现金支票存根(津)	中国农业银行现金支票(津)　　支票号码№.4534
支票号码№.4534	签发日期　　年　月　日
科　目:	收款单位:　　　　签发人账号708—046—1598
对方科目:	人民币(大写)　　百 十 万 千 百 十 元 角 分
签发日期　年　月　日	
收款单位:	用途　　　　　　银行会计分录:
金　额:	上列款项申请由如意通信有限公司账户内付给　　科目(付)
用　途:	
单位主管　会计	付讫日期　年　月　日
	签发单位盖章　　出纳　复核　记账

(请收款单位或收款人在背面盖章)　　　　贴对号单处

27. 该月 31 日，公司以银行存款支付给蓝天幼儿园代扣职工的托儿管理费 2600 元，支付给华都房产公司代扣职工的房租费 4570 元。

中国农业银行转账支票存根(津)	中国农业银行转账支票(津)　　支票号码№.2190
支票号码№.2190	签发日期　　年　月　日
科　目:	收款单位:　　　　签发人账号 708—046—1598
对方科目:	人民币(大写)　　百 十 万 千 百 十 元 角 分
签发日期　年　月　日	用途　　　　银行会计分录:
收款单位:	上列款项请从我账户内支付　　科目(付)……
金　额:	对方科目(收):……
用　途:	付讫日期　年　月　日
单位主管　会计	签发人盖章　　复核　记账　审单

天津市行政事业性收费统一票证

缴款单位(人):如意通信有限公司　　20××年 10 月 31 日　　(02)市财甲字 12 号

收费项目	计量数量	收费标准	百	十	万	千	百	十	元	角	分	说明
托儿管理费						2	6	0	0	0	0	
合计					¥	2	6	0	0	0	0	
合计人民币(大写)	贰仟陆佰元整											

收费单位:蓝天幼儿园(公章)　　　　收款人(章)

同城委托收款凭证(付款通知)　③

委托日期　20××年 10 月 25 日　　　　第 0182 号

付款人	全称	如意通信有限公司	收款人	全称	华都房产公司
	账号	708—046—1598		账号	708 - 204—35
	开户银行	农行红旗路分理处		开户银行	农行成都道分理处

委托金额	人民币(大写) 肆仟伍佰柒拾元整	千	百	十	万	千	百	十	元	角	分
					¥	4	5	7	0	0	0

款项内容	统扣房租	委托收款凭证名称		附寄单证张数	9 张
备注:				付款单位须知:	

单位主管　　会计　　　复核　　记账　　付款人开户行收到日期:　年　月　日

28. 该月 31 日，公司以现金购买银行借款合同书印花税 15 元，公司转让商标使用权合同书印花税 120 元，仓库租赁合同书印花税 30.2 元。其中原始凭证“印花税票请购单”(略)。

中华人民共和国　　　　地

印花税票销售凭证　　(2004)津地印

填发日期　20××年10月31日　　第0652号

购买单位	如意通信有限公司		购买人	孙玉	
购买印花税票					
面值种类	数量	金额	面值种类	数量	金额
壹角票			伍元票	1	5.00
贰角票	1	0.20	拾元票	6	60.00
伍角票			伍拾元票		
壹元票			壹佰元票	1	100.00
贰元票			总计		165.20
金额总计(大写)⊗拾⊗万⊗仟 壹 佰 陆 拾 伍 元 贰 角 零 分					
销售单位(盖章)	售票人(盖章)	备注			

29. 该月31日，销售给大都公司22型手机65部，单价1000元；33型手机12部，单价3100元，增值税税率17%。货款尚未收到。

出　库　单　　第1021号

收货单位：大都公司　　20××年10月31日

货号	品名	单位	数量	单价(元)	金额	备注
22型	手机	部	65	1000	65000.00	
33型	手机	部	12	3100	37200.00	
合计					￥102200.00	

负责人：　　　发货经手人：

天津市增值税专用发票　　№:48247320

记账联

开票日期：　　年　月　日

购货单位	名称	大都公司									纳税人登记号	254803836213868							
	地址电话	北京平安街2号,23009871									开户银行及账号	工行东城分理处,56—987							
货物或应税劳务名称	规格型号	计量单位	数量	单价	金额							税率	税额						
					十	万	千	百	十	元	角	分		万	千	百	十	元	角	分
合计																			
价税合计													￥						
销货单位	名称										纳税人登记号								
	地址电话										开户银行及账号								

第　联

销货单位(章)　　收款人：××　　复核：×××　　开票人：××

30. 该月31日,公司下月开始起租仓库,在租约中双方约定年租金36000元,租赁费用半年预付一次。以银行存款18000元预付本年11月至下年4月的仓库租金,开出转账支票一张。

<table>
<tr>
<td>
中国农业银行转账支票存根(津)
支票号码№.2191
科　　目:
对方科目:
签发日期　　年　月　日
收款单位:________
金　额:________
用　途:________
单位主管　　会计
</td>
<td>
中国农业银行转账支票(津)　　支票号码№.2191
签发日期　　　　年　　月　　日
收款单位:________________　　签发人账号708—046—1598
<table>
<tr><td>人民币
(大写)</td><td>百</td><td>十</td><td>万</td><td>千</td><td>百</td><td>十</td><td>元</td><td>角</td><td>分</td></tr>
<tr><td></td><td></td><td></td><td></td><td></td><td></td><td></td><td></td><td></td><td></td></tr>
</table>
用途________________　　银行会计分录:
上列款项请从我账户内支付　　科目(付)..............
对方科目(收):..............
付讫日期　　年　月　日
签发人盖章　　复核　　记账　　审单
</td>
</tr>
</table>

天津市仓储专用结算凭证

发票联　　　　第205号

客户名称:如意通信有限公司　　20××年10月31日　　字(三)99(乙)

商品名称	规格	数量	单位	单价	百	十	万	千	百	十	元	角	分
租金	地下室	20	m^2					6	0	0	0	0	0
租金	二楼	30	m^2				1	2	0	0	0	0	0
合计						¥	1	8	0	0	0	0	0
合计(大写)	壹万捌仟元整												

企业名称(盖章):武平仓储公司　　会计:×××　　制表:××

31. 该月31日,公司将上月由于自然灾害造成的待处理甲材料损失2200元,批准列入企业营业外支出。该项经济业务发生后,取得的原始凭证为"如意通信有限公司董事会授权批准书"(略)。

32. 该月31日,公司出售不需用的包装盒100个,取得现金578.69元,并已送交银行。取得的原始凭证"工业企业专用发票"(略)。

出　　库　　单

第1022号

收货单位________________　　年　月　日

货号	品名	单位	数量	单价	金额	备注
合计					¥	

负责人:　　　　发货经手人:

中国农业银行天津市分行现金送款单(回单)

填送　　年　月　日　　　开户银行:

单位全称		账号	

人民币(大写)	十	万	千	百	十	元	角	分

款项来源						
券别	张数	金额	券别	张数	金额	经办员
一百元			五角			
五十元			二角			
二十元			一角			
十元			五分			
五元			二分			(银行盖章)
二元			一分			
一元						

财务主管　　　　会计　　　　复核　　　　记账

33. 该月31日,公司上月应收海河公司1800元的货款,因该公司倒闭无法收回,转作管理费用处理。

坏账损失处理报告单

客户名称	海河公司	损失金额	1800元	原因	公司倒闭
处理意见	转作管理费用		20××年10月31日		
审批人	徐树	财务主管	赵甲	注册会计师	××

34. 该月31日,公司工会组织文艺活动,花费2160元,以转账支票付讫。

天津市服务业发票

发票联　　　　津地税(0439)

顾客名称:如意通信有限公司　　20××年10月31日　　320078号

项目	万	千	百	十	元	角	分	备注
服务费		2	1	6	0	0	0	
合计(大写)贰仟壹佰陆拾元整		2	1	6	0	0	0	

收款人:××　　　　售票单位(章):天津第二文化宫

中国农业银行转账支票存根(津) 支票号码№.2192 科　目: 对方科目: 签发日期　年　月　日 收款单位:______ 金　额:______ 用　途:______ 单位主管　会计	**中国农业银行转账支票(津)**　支票号码№.2192 签发日期　年　月　日 收款单位:______　签发人账号 708—046—1598 人民币(大写)　百 十 万 千 百 十 元 角 分 用途______　银行会计分录: 上列款项请从我账户内支付　科目(付)...... 对方科目(收):...... 付讫日期　年　月　日 签发人盖章　复核　记账　审单

35. 该月 31 日,公司向希望工程捐款 8000 元。

希望工程捐款收据

№.0214

20××年 10 月 31 日

今收到,如意通信有限公司向希望工程捐款 人民币(大写)捌仟元整　¥8000.00

会计　出纳　经手人　公章

中国农业银行转账支票存根(津) 支票号码№.2193 科　目: 对方科目: 签发日期　年　月　日 收款单位:______ 金　额:______ 用　途:______ 单位主管　会计	**中国农业银行转账支票(津)**　支票号码№.2193 签发日期　年　月　日 收款单位:______　签发人账号 708—046—1598 人民币(大写)　百 十 万 千 百 十 元 角 分 用途______　银行会计分录: 上列款项请从我账户内支付　科目(付)...... 对方科目(收):...... 付讫日期　年　月　日 签发人盖章　复核　记账　审单

36. 该月 31 日,公司职工狄江报销医药费 1000 元,其中应由个人负担 30%,以现金支付。

如意通信有限公司药费报销单

姓名	狄江	年龄	32	工作部门	22 型车间
单据张数	21 张	应报比例			70%
应报金额	1000 元	实报金额			700 元
批准人签章	徐树 ××年 10 月 25 日	实报金额大写	RMB 柒佰元整		
		领款人签字	狄江　20××年 10 月 31 日		

复核:赵甲　　出纳:孙玉

37. 经主管部门批准，对前面的盘点结果作出处理：盘亏电机损失列入营业外支出；盘盈丙材料冲减管理费用。

天津市×××局文件

津×发20××第16号

如意通信有限公司：

关于你公司财产清查的申请批复意见如下：

1. 盘亏电机属于合理损失，列入营业外支出。

2. 盘盈丙材料属于未及时入账，应冲减管理费用。

财政局（盖章）　　主管部门（盖章）

20××年10月31日

38. 该月31日，公司的供应部门报来该月份采购清单，该月份采购的甲材料、乙材料、丙材料和丁材料已经全部办理验收入库手续，并均已给予入库。该项经济业务发生后，取得的原始凭证"材料物资入库单"（略）。

材料采购成本计算表

年　月　日

项目	甲材料　千克		乙材料　盒		丙材料　吨		丁材料　吨		总计
	单位成本	总成本	单位成本	总成本	单位成本	总成本	单位成本	总成本	
货款 运输费									
合计									

制表：　　记账：

39. 该月31日，仓库转来该月份发出用于生产22型手机、33型手机以及管理方面的各类材料的领料清单（发出材料按后进先出法计价）。

材料领料单汇总表　　年　月　日

料别/用途	甲材料		乙材料		丙材料		丁材料		合计
	数量	金额	数量	金额	数量	金额	数量	金额	
22型手机耗用	120		90		18				
33型手机耗用	80		150		7				
车间一般耗用	38		60						
厂部一般耗用							4		
合计	238		300		25		4		

制表：　　记账：

40. 该月31日，公司计算分配该月份应付职工工资。

工资费用分配汇总表

年　月　日

部门 借方科目	应付工资				
	22型车间	33型车间	机修车间	厂部	合计
生产成本					
制造费用					
管理费用					
合　计					

制表：　　　　　　　　　　　　　　记账：

41. 该月31日,公司按照工资总额的14%提取应付福利费。

应付福利费计算表

年　月　日

部门 借方科目	应付工资				
	22型车间	33型车间	机修车间	厂部	合计
生产成本					
制造费用					
管理费用					
合　计					

制表：　　　　　　　　　　　　　　记账：

42. 该月31日,公司按照规定的折旧率计提固定资产折旧。

固定资产折旧计算表

年　月　日

折旧 部门			月初固定资产原价	月折旧率	折旧额	合计
制造费用	生产车间	房屋建筑物		0.5%		
		机器设备		0.9%		
	机修车间	房屋建筑物		0.6%		
		机器设备		1.1%		
管理费用	厂部	非生产用		0.8%		
合　计						

制表：　　　　　　　　　　　　　　记账：

43. 该月31日,公司汇总该月份制造费用总额并进行分配(制造费用选择生产工人的工资比例作为分配标准,在22型手机与33型手机之间进行分配,制造费用分配率的小数点后保留四位)。

制造费用分配表

年　月　日

借方科目		生产工人工资（元）	制造费用分配率：
总账科目	明细科目		
合计			

制表：　　　　　　　　　　　　　　　　　　记账：

44. 该月 31 日，公司结转该月份完工产品成本，该月份投产的 22 型手机和 33 型手机已经全部完工入库。

产品成本计算表

年　月　日

22 型手机完工 125 部
33 型手机完工 70 部

产品种类 / 成本项目	22 型手机	33 型手机	合计
直接材料			
直接工资			
福利费			
制造费用			
总成本			
单位成本			

制表：　　　　　　　　　　　　　　　　　　记账：

入　库　单　　　　第 82 号

年　月　日

货号	品名	单位	数量	单价	金额	备注
合计					¥	

负责人：　　　　　　　　　　　　　　　　　　收货经手人：

45. 该月 31 日，公司结转该月已销售产品的生产成本（结转生产成本采用后进先出法）。

46. 该月 31 日，结转出售包装盒的实际成本。

47. 该月 31 日，公司摊销应由该月负担的仓库租金和书报费等。

待摊费用摊销计算表

年　月　日

摊销分类	摊销价值	摊销期限	已摊销价值	本次摊销价值	剩余价值
房屋租金	900.00	本年9月至12月(4个月)	225.00		
书报费	445.00	本年8月至12月(5个月)	178.00		
仓库租金	18000.00	本年11月至下年4月(6个月)	—		

制表：　　　　　　　　　　　　记账：

48. 该月31日,公司在有效期内摊销专利权和商标使用权。

无形资产摊销表

年　月　日

名称	原值	摊销期限	已摊销价值	本次摊销价值	剩余价值
专利权	100000.00	5年	30000.00		
商标权	348000.00	10年	0.00		

制表：　　　　　　　　　　　　记账：

49. 该月31日,公司预提应由该月负担的银行借款利息。该项经济业务发生后,原始凭证“借款合同”(略)。

预提费用计算表

年　月　日

借款类别	借款本金	月利率	本月预提额	备注
短期借款(农行)	25000.00	3.1‰		
长期借款(建行)	150000.00	2.8‰		
长期借款(工行)	110000.00	2.2‰		

制表：　　　　　　　　　　　　记账：

50. 该月31日,结转该月应交未交增值税并计提该月应缴城市维护建设税、教育费附加和防洪工程维护费。

附加税费计算表

年　月　日

税费名称	增值税额	税率	应缴金额
城市维护建设税			
教育费附加			
防洪工程维护费			
合计			

制表：　　　　　　　　　　　　记账：

51. 该月 31 日,结转该月取得的各项收入。

52. 该月 31 日,结转该月的各项支出。

53. 该月 31 日,计提并结转如意通信有限公司该月应纳所得税额及企业盈余公积金,盈余公积金的提取比例为 10%。

盈余公积计算表

年 月 日

项 目	金 额
1. 利润总额(见"本年利润"余额)	
2. 所得税(利润总额 × 33%)	
3. 净利润(利润总额 - 所得税)	
4. 盈余公积(净利润 × 10%)	
5. 未分配利润(净利润 - 盈余公积)	

制表: 记账:

54. 该月 31 日,公司计提所得税及企业盈余公积金后,剩余利润的 90% 向投资者进行分配(分配比例为投资者的投资比例)。

利润分配计算表

______年______月

项 目	金 额(元)
1. 未分配利润	
2. 应付股利(未分配利润 × 90%)	
(1)通信总公司	
(2)顺达公司	
(3)青青公司	

制表: 记账:

实验三　登记会计账簿

1. 公司按照国家统一会计制度的规定和会计业务的需要设置会计账簿。会计账簿包括总账、明细账、日记账和其他辅助性账簿。

2. 现金日记账和银行存款日记账采用订本式账簿。不得用银行对账单或者其他方法代替日记账。凡订本账，原账页不得因故撕毁、挖补、拆开重订。

3. 实行会计电算化的单位.用计算机打印的会计账簿必须连续编号，经审核无误后装订成册，并由记账人员和会计机构负责人、会计主管人员签字或者盖章。

4. 启用订本式账簿，应当从第一页到最后一页顺序编定页数，不得跳页、缺号。使用活页式账页，应当按账户顺序编号，并须定期装订成册。装订后再按实际使用的账页顺序编定页码。另加目录，记明每个账户的名称和页次。

5. 会计人员应当根据审核无误的会计凭证登记会计账簿。登记账簿的基本要求是：

(1)登记会计账簿时，应当将会计凭证日期、编号、业务内容摘要、金额和其他有关资料逐项记人账内，做到数字准确、摘要清楚、登记及时、字迹工整。

(2)登记完毕后，要在记账凭证上签字或者盖章，并注明已经登账的符号，表示已经记账。

(3)各种账簿按页次顺序连续登记，不得跳行、隔页。如果发生跳行、隔页，应当将空行、空页划线注销，或者注明“此行空白”、“此页空白”字样，并由记账人员签字或者盖章。

(4)凡需要结出余额的账户，结出余额后，应当在“借或贷”等栏内写明“借”或者“贷”等字样。没有余额的账户，应当在“借或贷”等栏内写“平”字，并在余额栏内的“元”位用“0”表示。

(5)现金日记账和银行存款日记账必须逐日结出余额。

(6)翻页手续：每一账页登记完毕结转下页时，应当结出本页合计数及余额，写在本页最后一行和下页第一行有关栏内，并在摘要栏内注明“过次页”和“承前页”字样；也可以将本页合计数及余额只写在下页第一行有关栏内，并在摘要栏内注明“承前页”字样。

对需结计本月发生额的账户，结计“过次页”的本页合计数应当为自本月初起至本页末止的发生额合计数；对需要结计本年累计发生额的账户，结计“过次页”的本页合计数应当为自年初起至本页末止的累计数；对既不需要结计本月发生额也不需要结计本年累计发生额的账户，可以只将每页末的余额结转次页。

6. 实行会计电算化的单位，总账和明细账应当定期打印。发生收款和付款业务的，在输入收款凭证和付款凭证的当天必须打印出现金日记账和银行存款日记账，并与库存现金核对无误。

7. 账簿记录发生错误，不准涂改、挖补、刮擦或者用药水消除字迹，不准重新抄写，必须按照下列方法进行更正：

(1)登记账簿时发生错误，应当将错误的文字或者数字划红线注销，但必须使原有字迹仍可辨认；然后在划线上方填写正确的文字或者数字，并由记账人员在更正处盖章。对于错误的数字，应当全部划红线更正，不得只更正其中的错误数字。对于文字错误，可只划去错误的部分。

(2)由于记账凭证错误而使账簿记录发生错误，应当按更正的记账凭证登记账簿。

8. 会计账簿必须根据审核无误的记账凭证及其所附的原始凭证登记。应将会计凭证的日期、编号、业务内容摘要、金额和其他有关资料逐项记入账内。登记完毕后，应在记账凭证上注明“√”符号，表示已经记账。

9. 登记账簿时，凡需要登记会计科目的，必须填列会计科目的名称，或者同时填列会计科目的名称和编号。不能只填列会计科目的编号，不填列会计科目的名称。

10. 由出纳员孙玉登记日记账、总账会计钱双登记总账、明细账会计李丁登记明细账。将本月填制的记账凭证按经济业务发生顺序排列好，对其内容再一次审核无误后，遵照记账凭证核算形式和登账的有关规定，将本月的经济业务登记入账。

实验四 对账与结账

一、对账

公司定期对会计账簿记录的有关数字与库存实物、货币资金、有价证券、往来款项等进行相互核对，保证账证相符、账账相符、账实相符。对账工作每年至少进行一次。

1. 账证核对。核对会计账簿记录与原始凭证、记账凭证的时间、凭证字号、内容、金额是否一致，记账方向是否相符。

2. 账账核对。核对不同会计账簿之间的账簿记录是否相符，包括：总账有关账户的余额核对；总账与明细账核对；总账与日记账核对；会计部门的财产物资明细账与财产物资保管和使用部门的有关明细账相核对。

3. 账实核对。核对会计账簿记录与财产实有数额是否相符。包括：现金日记账账面余额与现金实际库存数相核对；银行存款日记账账面余额定期与银行对账单相核对；各种财物明细账账面余额与财物实存数额相核对；各种应收、应付款明细账账面余额与有关债务、债权单位或者个人核对等。

二、结账

1. 公司应当按照规定定期结账。

2. 结账前，必须将本期内所发生的各项经济业务全部登记入账。

3. 结账时，应结出每个账户的期末余额。需要结出当月发生额的，应当在摘要栏内注明“本月合计”字样，并在下面通栏划单红线。需要结出本年累计发生额的，应当在摘要栏内注明“本年累计”字样，并在下面通栏划单红线；十二月末的“本年累计”就是全年累计发生额。全年累计发生额下面应当通栏划双红线。年度终了结账时，所有总账账户都应当结出全年发生额和年末余额。

4. 年度终了，要把各账户的余额结转下年，并在摘要栏内注明“结转下年”字样，在下年新账第一行余额栏填写上年结转的余额，并在摘要栏注明“上年结转”字样。

三、对账与结账操作程序

对账与结账操作程序

账簿分工 操作程序	总分类账 （钱双）	现金日记账 （孙玉）	银行存款日记账 （孙玉）	明细分类账 （李丁）
第一步：账证核对	总账与收、付款凭证、转账凭证及所附原始凭证逐项核对，在账上划“√”。	现金日记账与收、付款凭证及所附原始凭证逐项核对“现金”，在账上划“√”。	银行存款日记账与收、付款凭证及所附原始凭证逐项核对“银行存款”，在账上划“√”。	明细账与收、付款凭证、转账凭证及所附原始凭证逐项核对，在账上划“√”。
第二步：账账核对	根据总账的记录，编制试算平衡表。（见下表）	现金日记账与总账核对“现金”的各项记录。	银行存款日记账与总账核对“银行存款”的各项记录。	每类明细账户汇总后，再与总账核对其“总数”是否相符。

操作程序 \ 账簿分工	总分类账（钱双）	现金日记账（孙玉）	银行存款日记账（孙玉）	明细分类账（李丁）
第三步：账实核对	遵照账款分管原则，总分类账不需要账实核对。	采用账存数（账面余额）与实存数（保险柜存）相核对的方法	银行存款日记账与对账单同时钩对找出未达账项；编制银行存款余额调节表	采用实地盘点法和询证核对法，进行账面余额与仓库、客户核对。
第四步：月末结账	最后一笔记录下划一条通栏红线；红线下行摘要写“本月合计”及各栏数额；数额下再划一条通栏红线。	同左	同左	同左 注意：“固定资产明细账”的摘要写“累计”。

试算平衡表

编制单位：　　　　　　　　　　　　　　　＿＿＿＿年＿＿月＿＿日

账户名称	期初余额		本期发生额		期末余额	
	借方	贷方	借方	贷方	借方	贷方
现金						
银行存款						
短期投资						
应收票据						
应收账款						
其他应收款						
物资采购						
原材料						
包装物						
库存商品						
待摊费用						
长期债权投资						
固定资产						
累计折旧						
无形资产						
待处理财产损溢						
短期借款						
应付账款						
应付工资						

账户名称	期初余额		本期发生额		期末余额	
	借方	贷方	借方	贷方	借方	贷方
应付福利费						
应付股利						
应交税金						
其他应交款						
其他应付款						
预提费用						
长期借款						
实收资本						
盈余公积						
本年利润						
利润分配						
生产成本						
制造费用						
主营业务收入						
其他业务收入						
投资收益						
营业外收入						
主营业务成本						
主营业务税金及附加						
其他业务支出						
营业费用						
管理费用						
财务费用						
营业外支出						
所得税						
合计						

实验五　编制会计报表

一、编制会计报表的基本要求

1. 公司按照国家统一会计制度的规定，定期编制财务报告。财务报告包括会计报表及其说明。会计报表包括会计报表主表、会计报表附表、会计报表附注。

2. 公司对外报送的财务报告（外部报表）根据国家统一会计制度规定的格式和要求编制。公司内部使用的财务报告（内部报表），其格式公司自行规定。

3. 会计报表根据登记完整、核对无误的会计账簿记录和其他有关资料编制，做到数字真实、计算准确、内容完整、说明清楚。任何人不得篡改或者授意、指使、强令他人篡改会计报表的有关数字。

4. 会计报表之间、会计报表各项目之间，凡有对应关系的数字，应当相互一致。本期会计报表与上期会计报表之间有关的数字应当相互衔接。如果不同会计年度会计报表中各项目的内容和核算方法有变更，应在年度会计报表中加以说明。

5. 公司按照国家统一会计制度的规定认真编写会计报表附注及其说明，做到项目齐全，内容完整。

6. 公司按照国家规定的期限对外报送财务报告。

对外报送的财务报告，应当依次编定页码，加具封面，装订成册，加盖公章。封面上应当注明：单位名称，单位地址，财务报告所属年度、季度、月度，送出日期，并由单位领导人、总会计师、会计机构负责人、会计主管人员签字或者盖章。单位领导人对财务报告的合法性、真实性负法律责任。

7. 根据法律和国家有关规定应当对财务报告进行审计的，财务报告编制单位应当先行委托注册会计师进行审计，并将注册会计师出具的审计报告随同财务报告按照规定的期限报送有关部门。

8. 如果发现对外报送的财务报告有错误，应当及时办理更正手续。除更正本单位留存的财务报告外，并应同时通知接受财务报告的单位更正。错误较多的，应当重新编报。

二、资产负债表的编制

（一）资产负债表格式

资产负债表

会企 01 表

编制单位：　　　　　　　　＿＿＿＿年＿＿月＿＿日　　　　　　　　单位：元

资　　产	行次	年初数	期末数	负债和所有者权益	行次	年初数	期末数
流动资产：				流动负债：			
货币资金	1			短期借款	68		
短期投资	2			应付票据	69		
应收票据	3			应付账款	70		
应收股利	4			预收账款	71		
应收利息	5			应付工资	72		
应收账款	6			应付福利费	73		
其他应收款	7			应付股利	74		

资　　产	行次	年初数	期末数	负债和所有者权益	行次	年初数	期末数
预付账款	8			应交税金	75		
应收补贴款	9			其他应交款	80		
存货	10			其他应付款	81		
待摊费用	11			预提费用	82		
一年内到期长期债权投资	21			预计负债	83		
其他流动资产	24			一年内到期的长期负债	86		
流动资产合计	31			其他流动负债	90		
长期投资：				流动负债合计	100		
长期股权投资	32						
长期债权投资	34			长期负债：			
长期投资合计	38			长期借款	101		
固定资产：				应付债券	102		
固定资产原价	39			长期应付款	103		
减：累计折旧	40			专项应付款	106		
固定资产净值	41			其他长期负债	108		
减：固定资产减值准备	42			长期负债合计	110		
固定资产净额	43			递延税项：			
工程物资	44			递延税款贷项	111		
在建工程	45			负债合计	114		
固定资产清理	46			所有者权益：			
固定资产合计	50			实收资本	115		
无形资产及其他资产：				减：已归还投资	116		
无形资产	51			实收资本净额	117		
长期待摊费用	52			资本公积	118		
其他长期资产	53			盈余公积	119		
无形资产及其他资产合计	60			其中：法定公益金	120		
递延税项：				未分配利润	121		
递延税款借项	61			所有者权益合计	122		
资产总计	67			负债和所有者权益总计	135		

(二)资产负债表编制要求

1. 本表“年初数”栏内各项数字，应根据上年末资产负债表“期末数”栏内数字填列。

2. “货币资金” = “现金” + “银行存款” + “其他货币资金”

3. “存货” = “物资采购” + “原材料” + “低值易耗品” + “库存商品” + “包装物” + “生产成本” +

"自制半成品"+"分期收款发出商品"+"委托加工物资"等

4."未分配利润"="本年利润"(贷余)—"利润分配"(借余)

5."应收账款"(借余)="应收账款"(借余)+"预收账款"(借余)

"预收账款"(贷余)="应收账款"(贷余)+"预收账款"(贷余)

"应付账款"(贷余)="应付账款"(贷余)+"预付账款"(贷余)

"预付账款"(借余)="应付账款"(借余)+"预付账款"(借余)

6."在建工程"项目,反映企业期末各项未完工程的实际支出。

7.其他项目根据相应科目的发生额直接填列。

三、利润表的编制

(一)利润表的格式(见表)

(二)利润表的编制要求

1.本表"本月数"栏反映各项目的本月实际发生数(在编年度财务报告时改成"上年数"栏)。"本年累计数"栏反映各项目自年初起至报告期末止的累计实际发生数。

2."主营业务税金及附加"反映企业主要经营业务应负担的营业税、消费税、城市维护建设税、资源税、土地增值税和教育费附加等。

3."其他业务利润"根据"其他业务收入"和"其他业务支出"科目的发生额相减填列。

4.其他项目根据相应科目的发生额直接填列。

利 润 表

会企02表

编制单位: ______年____月 单位:元

项 目	行次	本月数	本年累计数
一、主营业务收入	1		
减:主营业务成本	4		
主营业务税金及附加	5		
二、主营业务利润(亏损以"—"号填列)	10		
加:其他业务利润(亏损以"—"号填列)	11		
减:营业费用	14		
管理费用	15		
财务费用	16		
三、营业利润(亏损以"—"号填列)	18		
加:投资收益(损失以"—"号填列)	19		
补贴收入	22		
营业外收入	23		
减:营业外支出	25		
四、利润总额(亏损总额以"—"号填列)	27		
减:所得税	28		
五、净利润(净亏损以"—"号填列)	30		

补充资料：

项　　目	本年累计数	上年实际数
1.出售、处置部门或被投资单位所得收益		
2.自然灾害发生的损失		
3.会计政策变更增加(或减少)利润总额		
4.会计估计变更增加(或减少)利润总额		
5.债务重组损失		
6.其他		

四、应交增值税明细表

(一)应交增值税明细表格式

应交增值税明细表

会企01表附表3

编制单位：　　　　　　　　　　年　　月　　　　　　　　　　单位:元

项　　目	行次	本月数	本年累计数
一、应交增值税：			
1.年初未抵扣数(以"—"号填列)	1	×	
2.销项税额	2		
出口退税	3		
进项税额转出	4		
转出多交增值税	5		
	6		
	7		
3.进项税额	8		
已交税金	9		
减免税款	10		
出口抵减内销产品应纳税额	11		
转出未交增值税	12		
	13		
	14		
4.期末未抵扣数(以"—"号填列)	15	×	
二、未交增值税：			
1.年初未交数(多交数以"—"号填列)	16	×	
2.本期转入数(多交数以"—"号填列)	17		
3.本期已交数	18		
4.期末未交数(多交数以"—"号填列)	20	×	

(二)应交增值税明细表编制要求

1. 本表反映企业应交增值税的情况。

2. 本表“应交增值税”各项目的内容及其填列方法：

(1)“年初未抵扣数”反映企业年初尚未抵扣的增值税。本项目以“—”号填列。

(2)“销项税额”反映企业销售货物或提供应税劳务应收取的增值税额。本项目应根据“应交税金——应交增值税”明细科目“销项税额”专栏的记录填列。

(3)“出口退税”反映企业出口货物退回的增值税款。本项目应根据“应交税金——应交增值税”明细科目“出口退税”专栏的记录填列。

(4)“进项税额转出”反映企业购进货物、在产品、产成品等发生非正常损失以及其他原因而不应从销项税额中抵扣,按规定转出的进项税额。本项目应根据“应交税金——应交增值税”明细科目“进项税额转出”专栏的记录填列。

(5)“转出多交增值税”反映企业月度终了转出多交的增值税。本项目应根据“应交税金——应交增值税”明细科目“转出多交增值税”专栏的记录填列。

(6)“进项税额”反映企业购入货物或接受应税劳务而支付的、准予从销项税额中抵扣的增值税额。本项目应根据“应交税金——应交增值税”明细科目“进项税额”专栏的记录填列。

(7)“已交税金”反映企业已交纳的增值税。本项目应根据“应交税金——应交增值税”明细科目“已交税金”专栏的记录填列。

(8)“减免税款”反映企业按规定减免的增值税额。本项目应根据“应交税金——应交增值税”明细科目“减免税款”专栏的记录填列。

(9)“出口抵减内销产品应纳税额”反映企业按照规定计算的出口货物的进项税额抵减内销产品的应纳税额。本项目应根据“应交税金——应交增值税”明细科目“出口抵减内销产品应纳税额”专栏的记录填列。

(10)“转出未交增值税”反映企业月度终了转出未交的增值税。本项目应根据“应交税金——应交增值税”明细科目“转出未交增值税”专栏的记录填列。

3. 本表“未交增值税”各项目,应根据“应交税金——未交增值税”明细科目的有关记录填列。

实验六　管理会计档案

一、管理会计档案的要求

1. 会计档案是指会计凭证、会计账簿和财务报告等会计核算专业材料，是记录和反映单位经济业务的重要史料和证据。具体包括：(1)会计凭证类：原始凭证，记账凭证，汇总凭证，其他会计凭证。(2)会计账簿类：总账，明细账，日记账，固定资产卡片，辅助账簿，其他会计账簿。(3)财务报告类：月度、季度、年度财务报告，包括会计报表、附表、附注及文字说明，其他财务报告。(4)其他类：银行存款余额调节表，银行对账单，其他应当保存的会计核算专业资料，会计档案移交清册，会计档案保管清册，会计档案销毁清册。

预算、计划、制度等文件材料，执行文书档案管理规定，不同于会计档案。

我国境内所有单位的会计档案不得携带出境。驻外机构和境内单位在境外设立的企业(简称境外单位)的会计档案，应当按照此要求和国家有关规定进行管理。

2. 几种清册，指会计原理学习时常见易混的几个清册概念。清册指详细登记有关项目的册子。

(1)四柱清册

四柱清册是中国宋代官方会计报账时编制的一种表册。四柱清册也叫四柱移交清册或奏销册。它原来是封建官府中移交钱粮时办理交代的报告清单。它相当于现在的试算表，公式为：旧管＋新收－开除＝实在。

(2)会计移交清册

①会计人员工作调动或者因故离职，必须将本人所经管的会计工作全部移交给接替人员。没有办清交接手续的，不得调动或者离职。接替人员应当认真接管移交工作，并继续办理移交的未了事项。

②会计人员办理移交手续前，必须及时做好以下工作：A. 已经受理的经济业务尚未填制会计凭证的，应当填制完毕；B. 尚未登记的账目，应当登记完毕，并在最后一笔余额后加盖经办人员印章；C. 整理应该移交的各项资料，对未了事项写出书面材料；D. 编制移交清册，列明应当移交的会计凭证、会计账簿、会计报表、印章、现金、有价证券、支票簿、发票、文件、其他会计资料和物品等内容；实行会计电算化的单位，从事该项工作的移交人员还应当在移交清册中列明会计软件及密码、会计软件数据磁盘(磁带等)及有关资料、实物等内容。

③会计人员办理交接手续，必须有监交人负责监交。一般会计人员交接，由单位会计机构负责人、会计主管人员负责监交；会计机构负责人、会计主管人员交接，由单位领导人负责监交，必要时可由上级主管部门派人会同监交。

④移交人员在办理移交时，要按移交清册逐项移交；接替人员要逐项核对点收。移交人员对所移交的会计凭证、会计账簿、会计报表和其他有关资料的合法性、真实性承担法律责任。

A. 现金、有价证券要根据会计账簿有关记录进行点交。库存现金、有价证券必须与会计账簿记录保持一致。不一致时，移交人员必须限期查清。

B. 会计凭证、会计账簿、会计报表和其他会计资料必须完整无缺。如有短缺，必须查清原因，并在移交清册中注明，由移交人员负责。

C. 银行存款账户余额要与银行对账单核对，如不一致，应当编制银行存款余额调节表调节相符，各种财产物资和债权债务的明细账户余额要与总账有关账户余额核对相符；必要时，要抽查个别账户的余额，与实物核对相符，或者与往来单位、个人核对清楚。

D.移交人员经管的票据、印章和其他实物等，必须交接清楚；移交人员从事会计电算化工作的，要对有关电子数据在实际操作状态下进行交接。

⑤会计机构负责人、会计主管人员移交时，还必须将全部财务会计工作、重大财务收支和会计人员的情况等，向接替人员详细介绍。对需要移交的遗留问题，应当写出书面材料。

⑥交接完毕后，交接双方和监交人员要在移交清册上签字或者盖章。并应在移交清册上注明：单位名称，交接日期，交接双方和监交人员的职务、姓名，移交清册页数以及需要说明的问题和意见等。移交清册一般应当填制一式三份，交接双方各执一份，存档一份。

⑦接替人员应当继续使用移交的会计账簿，不得自行另立新账，以保持会计记录的连续性。

⑧会计人员临时离职或者因病不能工作且需要接替或者代理的，会计机构负责人、会计主管人员或者单位领导人必须指定有关人员接替或者代理，并办理交接手续。临时离职或者因病不能工作的会计人员恢复工作的，应当与接替或者代理人员办理交接手续。移交人员因病或者其他特殊原因不能亲自办理移交的，经单位领导人批准，可由移交人员委托他人代办移交，但委托人应当承担会计档案的合法性、真实性责任。

⑨单位撤销时，必须留有必要的会计人员，会同有关人员办理清理工作，编制决算。未移交前，不得离职。接收单位和移交日期由主管部门确定。单位合并、分立的，其会计工作交接手续比照上述有关规定办理。

(3)会计档案移交清册

单位之间交接会计档案的，交接双方应当办理会计档案交接手续。

移交会计档案的单位，应当编制会计档案移交清册，列明应当移交的会计档案名称、卷号、册数、起止年度和档案编号、应保管期限、已保管期限等内容。

交接会计档案时，交接双方应当按照会计档案移交清册所列内容逐项交接，并由交接双方的单位负责人负责监交。交接完毕后，交接双方经办人和监交人应当在会计档案移交清册上签字或者盖章。

当年形成的会计档案，在会计年度终了后，可暂由会计机构保管一年，期满之后，应当由会计机构编制移交清册，移交本单位档案机构统一保管；未设立档案机构的，应当在会计机构内部指定专人保管。出纳人员不得兼管会计档案。

移交本单位档案机构保管的会计档案，原则上应当保持原卷册的封装。个别需要拆封重新整理的，档案机构应当会同会计机构和经办人员共同拆封整理，以分清责任。

(4)会计档案保管清册

公司每年形成的会计档案，应当由会计机构按照归档要求，负责整理立卷，装订成册，编制会计档案保管清册。

(5)会计档案销毁清册

保管期满的会计档案，由本单位档案机构会同会计机构提出销毁意见，编制会计档案销毁清册，列明销毁会计档案的名称、卷号、册数、起止年度和档案编号、应保管期限、已保管期限、销毁时间等内容；经单位负责人在会计档案销毁清册上签署意见；销毁会计档案时，应当由档案机构和会计机构共同派员监销(国家机关销毁会计档案时，应当由同级财政部门、审计部门派员参加监销。财政部门销毁会计档案时，应当由同级审计部门派员参加监销)；监销人在销毁会计档案前，应当按照会计档案销毁清册所列内容清点核对所要销毁的会计档案；销毁后，应当在会计档案销毁清册上签字盖章,并将监销情况报告本单位负责人。

保管期满但未结清的债权债务原始凭证和涉及其他未了事项的原始凭证,不得销毁,应当单独抽出立卷,保管到未了事项完结时为止。单独抽出立卷的会计档案,应当在会计档案销毁清册和会计档案保管清册中列明。正在项目建设期间的建设单位,其保管期满的会计档案不得销毁。

会计档案销毁清册

序号	类别	案卷号	卷名	起止日期	页数	保管期限	已保管年数	备注

3. 企业、国家机关、社会团体、事业单位、按规定应当建账的个体工商户和其他组织（简称公司)管理会计档案,都应当根据《中华人民共和国会计法》、《中华人民共和国档案法》和《会计档案管理办法》进行办理。

4. 各级人民政府财政部门和档案行政管理部门共同负责会计档案工作的指导、监督和检查。

5. 公司必须加强对会计档案管理工作的领导,建立会计档案的立卷、归档、保管、查阅和销毁等管理制度,保证会计档案妥善保管、有序存放、方便查阅,严防毁损、散失和泄密。

6. 公司保存的会计档案不得借出。如有特殊需要,经本单位负责人批准,可以提供查阅或者复制,并办理登记手续。查阅或者复制会计档案的人员,严禁在会计档案上涂画、拆封和抽换。公司应当建立健全会计档案查阅、复制登记制度。

7. 不同的会计档案发挥作用的时间是不同的,会计档案的保管期限分为永久、定期两类。定期的最低保管期限分为3年、5年、10年、15年、25年,共5类。会计档案的保管期限,从会计年度终了后的第一天算起。

企业会计档案的具体名称如有同《企业和其他组织会计档案保管期限表》所列档案名称不相符的,可以比照类似档案的保管期限办理。

8. 采用电子计算机进行会计核算的单位,应当保存打印出的纸质会计档案。

具备采用磁带、磁盘、光盘、微缩胶片等磁性介质保存会计档案条件的,由国务院业务主管部门统一规定,并报财政部、国家档案局备案。

单位因撤销、解散、破产或者其他原因而终止的,在终止和办理注销登记手续之前形成的会计档案,应当由终止单位的业务主管部门或财产所有者代管或移交有关档案馆管。

9. 单位分立后原单位存续的,其会计档案应当由分立后的存续方统一保管,其他方可查阅、复制与其业务相关的会计档案;单位分立后原单位解散的,其会计档案应当经各方协商后由其中一方代管或移交档案馆代管,各方可查阅、复制与其业务相关的会计档案。

单位分立中未结清的会计事项所涉及的原始凭证,应当单独抽出由业务相关方保存,并按规定办理交接手续。

单位因业务移交其他单位办理所涉及的会计档案，应当由原单位保管，承接业务单位可查阅、复制与其业务相关的会计档案，对其中未结清的会计事项所涉及的原始凭证，应当单独抽出由业务承接单位保存，并按规定办理交接手续。

10. 公司合并后原公司解散或一方存续其他方解散的，原公司的会计档案应当由合并后的单位统一保管；单位合并后原公司仍存续的，其会计档案仍应由原公司保管。

建设单位在项目建设期间形成的会计档案，应当在办理竣工决算后移交给建设项目的接受单位，并按规定办理交接手续。

我国财政部、国家档案局发布了《企业和其他组织会计档案保管期限表》(见表)和《财政总预算、行政单位、事业单位和税收会计档案保管期限表》(略)，自 1999 年 1 月 1 日起执行。

企业和其他组织会计档案保管期限表

序号	档案名称	保管期限	备注
一	会计凭证类		
1	原始凭证	15 年	
2	记账凭证	15 年	
3	汇总凭证	15 年	
二	会计账簿类		
4	总账	15 年	包括日记总账。
5	明细账	15 年	
6	日记账	15 年	现金和银行存款日记账保管 25 年。
7	固定资产卡片		固定资产报废清理后保管 5 年。
8	辅助账簿	15 年	
三	财务报告类		包括各级主管部门汇总财务报告。
9	月、季度财务报告	3 年	包括文字分析。
10	年度财务报告(决算)	永久	包括文字分析。
四	其他类		
11	会计移交清册	15 年	
12	会计档案保管清册	永久	
13	会计档案销毁清册	永久	
14	银行余额调节表	5 年	
15	银行对账单	5 年	

二、保管会计档案操作

(一)准备实验用品

1. 如意通信有限公司本月的全部记账凭证及附件、会计凭证的封面及封底。

2. 如意通信有限公司本月的资产负债表、利润表等。

3. 如意通信有限公司的各种账簿(活页账、卡片账和订本账)。

4. 线绳、胶水、装订机(或锥子、针、剪刀)等。

(二)会计凭证的装订操作

1. 各种会计凭证应在有关岗位之间及时传递,不得积压,登记完毕,应按照凭证的类别和编号顺序保管,不得散乱丢失。

2. 原始凭证不得外借,其他单位和个人经单位领导批准调阅会计凭证时,要填写会计档案调阅表。需复制的要说明被复印制会计凭证名称、张数,经本单位同意后在会计人员的监督下复制,但不得拆散原卷册。

3. 记账凭证应连同所附的原始凭证或原始凭证汇总表,及记账凭证汇总表一起,定期装订成册。凭证数量多时,可按5日或10日装订,凭证数量少时,可按半月或一月装订。

4. 会计凭证的装订程序

(1)装订前,首先检查每张记账凭证所附原始凭证的张数是否齐全,并对原始凭证进行必要的外型加工:对于过宽过长的附件应依据记账凭证的尺寸进行纵向或横向的折叠;对于过小的附件应粘贴在专用的原始凭证粘贴纸上。然后检查收、付、转记账凭证是否按自然数连续编号,有无跳号或重号现象。

(2)先去掉大头针,在整理清点后的会计凭证前附上科目汇总表(试算平衡表),加具封面,向左上角磕齐,用夹子夹紧。

(3)用锥子或装订机在整理好的记账凭证左上角扎两个孔(或在会计凭证左边扎三个孔),用粗线绳或尼龙绳订好,将线结打在背面,再取宽约5公分左右的牛皮纸条封好后盖骑缝章。

(4)填写会计凭证封面。封面各记事栏是事后查账和查证有关事项的最基础的索引。如果把收、付、转三种凭证订在一起,本册号数应填自收1号至×号、付1号至×号、转1号至×号。“月份编号”填本月共多少册,此本是第几册;“凭证张数”填本册共多少张;“记账凭证”的号数“自×年起至×年止”一栏也要填写清晰。这样,事后的查找总分类账和明细分类账时,一看凭证就知道是哪本。还要把所附原始凭证张数加计清点,准确填好数字;装订年、月、日要如实填写;会计主管人员、装订人员要盖章。

5. 年度终了,应将装订成册的会计凭证归档保管。原则上应由财会部门编造清册登记《会计档案(会计凭证)目录》,一般可暂由本单位财会部门保管一年。期满后,移交本单位档案部门保管。

(三)会计账簿的装订操作

1. 日常保管由记账人员负责,登记账簿时要保持书写整齐清洁,不得涂污,避免账页破损,保护账本完整。每日下班前,要整理账簿,加锁保存,防止丢失。账簿不得外借。

2. 账簿于年终结账后,应先将活页账中空白账页抽出,按页码排好并加封面,然后装订成册,再连同其他账簿一起编号归档保管。

3. 年度终了,各种账簿(包括仓库的材料、产成品或商品的明细分类账)在结转下年、建立新账后,一般都要把旧账送交总账会计集中统一整理。

4. 各种账簿按照会计科目顺序排列,据以逐本登记《会计档案(会计账簿)目录》,会计账簿封面的有关内容要写全。“单位名称”要写全称;“××账”要写账户的全称,不要只写科目的代号。“本账页数”要写账簿的有效页数,会计主管人员和记账员都要盖章;“保管期限”要填写统一规定的时间。卷脊上必须写上“××年度××账”,写上案卷号,以便保存利用。

（四）会计报表的装订操作

1. 每月由主管报表的会计人员将各种月报表整理装订。将资产负债表、利润表等叠放在一起，加具会计报表封面（这里封面格式略），用订书器订上。在实际工作中，如果单位还有其他报表，也要订在一起。填写会计报表封面，加盖公章。

2. 年末，由主管报表的人员将全年会计报表，按时间顺序整理装订成册，登记《会计档案（会计报表）目录》，逐项填写报表名称、页数、归档日期等，经会计机构负责人审核、盖章后，由主管报表人员负责装盒归档。

第二部分　实验附件

一、收款凭证

收款凭证

借方科目：　　　　　　　　　年　　月　　日　　　　______字第______号

<table>
<tr><td rowspan="2">缴款人</td><td rowspan="2">摘要</td><td colspan="2">贷方科目</td><td colspan="10">金额</td><td rowspan="2">记账</td></tr>
<tr><td>总账科目</td><td>明细科目</td><td>千</td><td>百</td><td>十</td><td>万</td><td>千</td><td>百</td><td>十</td><td>元</td><td>角</td><td>分</td></tr>
<tr><td></td><td></td><td></td><td></td><td></td><td></td><td></td><td></td><td></td><td></td><td></td><td></td><td></td><td></td><td></td></tr>
<tr><td></td><td></td><td></td><td></td><td></td><td></td><td></td><td></td><td></td><td></td><td></td><td></td><td></td><td></td><td></td></tr>
<tr><td></td><td></td><td></td><td></td><td></td><td></td><td></td><td></td><td></td><td></td><td></td><td></td><td></td><td></td><td></td></tr>
<tr><td></td><td></td><td></td><td></td><td></td><td></td><td></td><td></td><td></td><td></td><td></td><td></td><td></td><td></td><td></td></tr>
<tr><td></td><td></td><td></td><td></td><td></td><td></td><td></td><td></td><td></td><td></td><td></td><td></td><td></td><td></td><td></td></tr>
<tr><td colspan="2">结算方式及票号：</td><td colspan="2">合计金额</td><td></td><td></td><td></td><td></td><td></td><td></td><td></td><td></td><td></td><td></td><td></td></tr>
</table>

附凭证　张

会计主管　　　　记账　　　　稽核　　　　出纳　　　　制单

收款凭证

借方科目：　　　　　　　　　年　　月　　日　　　　______字第______号

<table>
<tr><td rowspan="2">缴款人</td><td rowspan="2">摘要</td><td colspan="2">贷方科目</td><td colspan="10">金额</td><td rowspan="2">记账</td></tr>
<tr><td>总账科目</td><td>明细科目</td><td>千</td><td>百</td><td>十</td><td>万</td><td>千</td><td>百</td><td>十</td><td>元</td><td>角</td><td>分</td></tr>
<tr><td></td><td></td><td></td><td></td><td></td><td></td><td></td><td></td><td></td><td></td><td></td><td></td><td></td><td></td><td></td></tr>
<tr><td></td><td></td><td></td><td></td><td></td><td></td><td></td><td></td><td></td><td></td><td></td><td></td><td></td><td></td><td></td></tr>
<tr><td></td><td></td><td></td><td></td><td></td><td></td><td></td><td></td><td></td><td></td><td></td><td></td><td></td><td></td><td></td></tr>
<tr><td></td><td></td><td></td><td></td><td></td><td></td><td></td><td></td><td></td><td></td><td></td><td></td><td></td><td></td><td></td></tr>
<tr><td></td><td></td><td></td><td></td><td></td><td></td><td></td><td></td><td></td><td></td><td></td><td></td><td></td><td></td><td></td></tr>
<tr><td colspan="2">结算方式及票号：</td><td colspan="2">合计金额</td><td></td><td></td><td></td><td></td><td></td><td></td><td></td><td></td><td></td><td></td><td></td></tr>
</table>

附凭证　张

会计主管　　　　记账　　　　稽核　　　　出纳　　　　制单

收款凭证

借方科目：　　　　　　　　年　　月　　日　　　　　　______字第______号

缴款人	摘要	贷方科目		金额										记账
		总账科目	明细科目	千	百	十	万	千	百	十	元	角	分	
结算方式及票号：		合计金额												

附凭证　张

会计主管　　　　记账　　　　稽核　　　　出纳　　　　制单

收款凭证

借方科目：　　　　　　　　年　　月　　日　　　　　　______字第______号

缴款人	摘要	贷方科目		金额										记账
		总账科目	明细科目	千	百	十	万	千	百	十	元	角	分	
结算方式及票号：		合计金额												

附凭证　张

会计主管　　　　记账　　　　稽核　　　　出纳　　　　制单

收款凭证

借方科目：　　　　　　　　　　年　　月　　日　　　　　　＿＿＿字第＿＿＿号

缴款人	摘要	贷方科目		金额										记账
		总账科目	明细科目	千	百	十	万	千	百	十	元	角	分	
结算方式及票号：		合计金额												

附凭证　张

会计主管　　　　记账　　　　稽核　　　　出纳　　　　制单

收款凭证

借方科目：　　　　　　　　　　年　　月　　日　　　　　　＿＿＿字第＿＿＿号

缴款人	摘要	贷方科目		金额										记账
		总账科目	明细科目	千	百	十	万	千	百	十	元	角	分	
结算方式及票号：		合计金额												

附凭证　张

会计主管　　　　记账　　　　稽核　　　　出纳　　　　制单

二、付款凭证

付款凭证

贷方科目__________ ________年____月____日 ______字第______号

领款人	摘要	借方科目		金额										记账
		总账科目	明细科目	千	百	十	万	千	百	十	元	角	分	
		合计金额												

附单据　张

会计主管　　记账　　稽核　　出纳　　制单　　领款人签章

付款凭证

贷方科目__________ ________年____月____日 ______字第______号

领款人	摘要	借方科目		金额										记账
		总账科目	明细科目	千	百	十	万	千	百	十	元	角	分	
		合计金额												

附单据　张

会计主管　　记账　　稽核　　出纳　　制单　　领款人签章

付款凭证

贷方科目＿＿＿＿　　＿＿＿年＿＿月＿＿日　　＿＿＿字第＿＿＿号

领款人	摘要	借方科目		金额										记账
		总账科目	明细科目	千	百	十	万	千	百	十	元	角	分	
		合计金额												

附单据　张

会计主管　　记账　　稽核　　出纳　　制单　　领款人签章

付款凭证

贷方科目＿＿＿＿　　＿＿＿年＿＿月＿＿日　　＿＿＿字第＿＿＿号

领款人	摘要	借方科目		金额										记账
		总账科目	明细科目	千	百	十	万	千	百	十	元	角	分	
		合计金额												

附单据　张

会计主管　　记账　　稽核　　出纳　　制单　　领款人签章

付款凭证

贷方科目＿＿＿＿＿　　＿＿＿＿年＿＿月＿＿日　　＿＿＿字第＿＿＿号

领款人	摘要	借方科目		金额										记账
		总账科目	明细科目	千	百	十	万	千	百	十	元	角	分	
		合计金额												

附单据　张

会计主管　　记账　　稽核　　出纳　　制单　　领款人签章

付款凭证

贷方科目＿＿＿＿＿　　＿＿＿＿年＿＿月＿＿日　　＿＿＿字第＿＿＿号

领款人	摘要	借方科目		金额										记账
		总账科目	明细科目	千	百	十	万	千	百	十	元	角	分	
		合计金额												

附单据　张

会计主管　　记账　　稽核　　出纳　　制单　　领款人签章

付 款 凭 证

贷方科目＿＿＿＿＿　　　＿＿＿＿年＿＿月＿＿日　　　＿＿＿字第＿＿＿号

领款人	摘要	借 方 科 目		金 额										记账
		总账科目	明细科目	千	百	十	万	千	百	十	元	角	分	
		合 计 金 额												

附单据　张

会计主管　　记账　　稽核　　出纳　　制单　　领款人签章

付 款 凭 证

贷方科目＿＿＿＿＿　　　＿＿＿＿年＿＿月＿＿日　　　＿＿＿字第＿＿＿号

领款人	摘要	借 方 科 目		金 额										记账
		总账科目	明细科目	千	百	十	万	千	百	十	元	角	分	
		合 计 金 额												

附单据　张

会计主管　　记账　　稽核　　出纳　　制单　　领款人签章

付款凭证

贷方科目＿＿＿＿　　＿＿＿年＿＿月＿＿日　　＿＿＿字第＿＿＿号

领款人	摘要	借方科目		金额										记账
		总账科目	明细科目	千	百	十	万	千	百	十	元	角	分	
		合计金额												

附单据　张

会计主管　　记账　　稽核　　出纳　　制单　　领款人签章

付款凭证

贷方科目＿＿＿＿　　＿＿＿年＿＿月＿＿日　　＿＿＿字第＿＿＿号

领款人	摘要	借方科目		金额										记账
		总账科目	明细科目	千	百	十	万	千	百	十	元	角	分	
		合计金额												

附单据　张

会计主管　　记账　　稽核　　出纳　　制单　　领款人签章

付 款 凭 证

贷方科目＿＿＿＿＿　　＿＿＿＿年＿＿月＿＿日　　＿＿＿字第＿＿＿号

领款人	摘要	借 方 科 目		金 额										记账
		总账科目	明细科目	千	百	十	万	千	百	十	元	角	分	
		合 计 金 额												

附单据　张

会计主管　　记账　　稽核　　出纳　　制单　　领款人签章

付 款 凭 证

贷方科目＿＿＿＿＿　　＿＿＿＿年＿＿月＿＿日　　＿＿＿字第＿＿＿号

领款人	摘要	借 方 科 目		金 额										记账
		总账科目	明细科目	千	百	十	万	千	百	十	元	角	分	
		合 计 金 额												

附单据　张

会计主管　　记账　　稽核　　出纳　　制单　　领款人签章

付款凭证

贷方科目＿＿＿＿＿　　＿＿＿＿年＿＿月＿＿日　　＿＿＿＿字第＿＿＿＿号

领款人	摘要	借方科目		金额										记账
		总账科目	明细科目	千	百	十	万	千	百	十	元	角	分	
		合计金额												

附单据　张

会计主管　　记账　　稽核　　出纳　　制单　　领款人签章

付款凭证

贷方科目＿＿＿＿＿　　＿＿＿＿年＿＿月＿＿日　　＿＿＿＿字第＿＿＿＿号

领款人	摘要	借方科目		金额										记账
		总账科目	明细科目	千	百	十	万	千	百	十	元	角	分	
		合计金额												

附单据　张

会计主管　　记账　　稽核　　出纳　　制单　　领款人签章

付 款 凭 证

贷方科目＿＿＿＿＿　　＿＿＿＿年＿＿月＿＿日　　＿＿＿字第＿＿＿号

领款人	摘要	借方科目		金额										记账
		总账科目	明细科目	千	百	十	万	千	百	十	元	角	分	
		合计金额												

附单据　张

会计主管　　记账　　稽核　　出纳　　制单　　领款人签章

付 款 凭 证

贷方科目＿＿＿＿＿　　＿＿＿＿年＿＿月＿＿日　　＿＿＿字第＿＿＿号

领款人	摘要	借方科目		金额										记账
		总账科目	明细科目	千	百	十	万	千	百	十	元	角	分	
		合计金额												

附单据　张

会计主管　　记账　　稽核　　出纳　　制单　　领款人签章

付款凭证

贷方科目＿＿＿＿＿　　＿＿＿＿年＿＿月＿＿日　　＿＿＿字第＿＿＿号

领款人	摘要	借方科目		金额										记账
		总账科目	明细科目	千	百	十	万	千	百	十	元	角	分	
		合计金额												

附单据　张

会计主管　　记账　　稽核　　出纳　　制单　　领款人签章

付款凭证

贷方科目＿＿＿＿＿　　＿＿＿＿年＿＿月＿＿日　　＿＿＿字第＿＿＿号

领款人	摘要	借方科目		金额										记账
		总账科目	明细科目	千	百	十	万	千	百	十	元	角	分	
		合计金额												

附单据　张

会计主管　　记账　　稽核　　出纳　　制单　　领款人签章

付款凭证

贷方科目＿＿＿＿＿　　＿＿＿＿年＿＿月＿＿日　　＿＿＿字第＿＿＿号

领款人	摘要	借方科目		金额										记账
		总账科目	明细科目	千	百	十	万	千	百	十	元	角	分	
		合计金额												

附单据　张

会计主管　　记账　　稽核　　出纳　　制单　　领款人签章

付款凭证

贷方科目＿＿＿＿＿　　＿＿＿＿年＿＿月＿＿日　　＿＿＿字第＿＿＿号

领款人	摘要	借方科目		金额										记账
		总账科目	明细科目	千	百	十	万	千	百	十	元	角	分	
		合计金额												

附单据　张

会计主管　　记账　　稽核　　出纳　　制单　　领款人签章

付款凭证

贷方科目＿＿＿＿＿　　＿＿＿＿年＿＿月＿＿日　　＿＿＿＿字第＿＿＿＿号

领款人	摘要	借方科目		金额										记账
		总账科目	明细科目	千	百	十	万	千	百	十	元	角	分	
		合计金额												

附单据　张

会计主管　　记账　　稽核　　出纳　　制单　　领款人签章

付款凭证

贷方科目＿＿＿＿＿　　＿＿＿＿年＿＿月＿＿日　　＿＿＿＿字第＿＿＿＿号

领款人	摘要	借方科目		金额										记账
		总账科目	明细科目	千	百	十	万	千	百	十	元	角	分	
		合计金额												

附单据　张

会计主管　　记账　　稽核　　出纳　　制单　　领款人签章

付款凭证

贷方科目__________　　　　________年____月____日　　　______字第______号

领款人	摘要	借方科目		金额										记账
		总账科目	明细科目	千	百	十	万	千	百	十	元	角	分	
		合计金额												

附单据　张

会计主管　　记账　　稽核　　出纳　　制单　　领款人签章

付款凭证

贷方科目__________　　　　________年____月____日　　　______字第______号

领款人	摘要	借方科目		金额										记账
		总账科目	明细科目	千	百	十	万	千	百	十	元	角	分	
		合计金额												

附单据　张

会计主管　　记账　　稽核　　出纳　　制单　　领款人签章

付款凭证

贷方科目__________　　________年____月____日　　______字第______号

领款人	摘要	借方科目		金额										记账
		总账科目	明细科目	千	百	十	万	千	百	十	元	角	分	
		合计金额												

附单据　张

会计主管　　记账　　稽核　　出纳　　制单　　领款人签章

付款凭证

贷方科目__________　　________年____月____日　　______字第______号

领款人	摘要	借方科目		金额										记账
		总账科目	明细科目	千	百	十	万	千	百	十	元	角	分	
		合计金额												

附单据　张

会计主管　　记账　　稽核　　出纳　　制单　　领款人签章

付款凭证

贷方科目＿＿＿＿＿　　　＿＿＿＿年＿＿月＿＿日　　　＿＿＿字第＿＿＿号

领款人	摘要	借方科目		金额										记账
		总账科目	明细科目	千	百	十	万	千	百	十	元	角	分	
		合计金额												

附单据　张

会计主管　　记账　　稽核　　出纳　　制单　　领款人签章

付款凭证

贷方科目＿＿＿＿＿　　　＿＿＿＿年＿＿月＿＿日　　　＿＿＿字第＿＿＿号

领款人	摘要	借方科目		金额										记账
		总账科目	明细科目	千	百	十	万	千	百	十	元	角	分	
		合计金额												

附单据　张

会计主管　　记账　　稽核　　出纳　　制单　　领款人签章

三、转账凭证

转账凭证

______年____月____日　　　　______字第______号

摘要	总账科目	明细科目	借方金额										贷方金额										记账
			千	百	十	万	千	百	十	元	角	分	千	百	十	万	千	百	十	元	角	分	
合计																							

附凭证　张

会计主管　　　记账　　　稽核　　　制单

转账凭证

______年____月____日　　　　______字第______号

摘要	总账科目	明细科目	借方金额										贷方金额										记账
			千	百	十	万	千	百	十	元	角	分	千	百	十	万	千	百	十	元	角	分	
合计																							

附凭证　张

会计主管　　　记账　　　稽核　　　制单

转账凭证

______年____月____日　　　______字第______号

摘要	总账科目	明细科目	借方金额										贷方金额										记账
			千	百	十	万	千	百	十	元	角	分	千	百	十	万	千	百	十	元	角	分	
合计																							

附凭证　张

会计主管　　　记账　　　稽核　　　制单

转账凭证

______年____月____日　　　______字第______号

摘要	总账科目	明细科目	借方金额										贷方金额										记账
			千	百	十	万	千	百	十	元	角	分	千	百	十	万	千	百	十	元	角	分	
合计																							

附凭证　张

会计主管　　　记账　　　稽核　　　制单

转账凭证

______年____月____日　　______字第______号

摘要	总账科目	明细科目	借方金额										贷方金额										记账
			千	百	十	万	千	百	十	元	角	分	千	百	十	万	千	百	十	元	角	分	
合计																							

附凭证　张

会计主管　　记账　　稽核　　制单

转账凭证

______年____月____日　　______字第______号

摘要	总账科目	明细科目	借方金额										贷方金额										记账
			千	百	十	万	千	百	十	元	角	分	千	百	十	万	千	百	十	元	角	分	
合计																							

附凭证　张

会计主管　　记账　　稽核　　制单

转账凭证

______年____月____日　　______字第______号

摘要	总账科目	明细科目	借方金额										贷方金额										记账
			千	百	十	万	千	百	十	元	角	分	千	百	十	万	千	百	十	元	角	分	
合计																							

附凭证　张

会计主管　　记账　　稽核　　制单

转账凭证

______年____月____日　　______字第______号

摘要	总账科目	明细科目	借方金额										贷方金额										记账
			千	百	十	万	千	百	十	元	角	分	千	百	十	万	千	百	十	元	角	分	
合计																							

附凭证　张

会计主管　　记账　　稽核　　制单

转账凭证

______年___月___日　　______字第______号

摘　要	总账科目	明细科目	借　方　金　额										贷　方　金　额										记账
			千	百	十	万	千	百	十	元	角	分	千	百	十	万	千	百	十	元	角	分	
合　计																							

附凭证　张

会计主管　　记账　　稽核　　制单

转账凭证

______年___月___日　　______字第______号

摘　要	总账科目	明细科目	借　方　金　额										贷　方　金　额										记账
			千	百	十	万	千	百	十	元	角	分	千	百	十	万	千	百	十	元	角	分	
合　计																							

附凭证　张

会计主管　　记账　　稽核　　制单

转账凭证

年　月　日　　字第　号

摘要	总账科目	明细科目	借方金额										贷方金额										记账
			千	百	十	万	千	百	十	元	角	分	千	百	十	万	千	百	十	元	角	分	
合计																							

附凭证　张

会计主管　　记账　　稽核　　制单

转账凭证

年　月　日　　字第　号

摘要	总账科目	明细科目	借方金额										贷方金额										记账
			千	百	十	万	千	百	十	元	角	分	千	百	十	万	千	百	十	元	角	分	
合计																							

附凭证　张

会计主管　　记账　　稽核　　制单

转账凭证

______年____月____日　　　______字第______号

摘要	总账科目	明细科目	借方金额										贷方金额										记账
			千	百	十	万	千	百	十	元	角	分	千	百	十	万	千	百	十	元	角	分	
合计																							

附凭证　张

会计主管　　记账　　稽核　　制单

转账凭证

______年____月____日　　　______字第______号

摘要	总账科目	明细科目	借方金额										贷方金额										记账
			千	百	十	万	千	百	十	元	角	分	千	百	十	万	千	百	十	元	角	分	
合计																							

附凭证　张

会计主管　　记账　　稽核　　制单

转账凭证

______年____月____日　　______字第______号

摘要	总账科目	明细科目	借方金额										贷方金额										记账
			千	百	十	万	千	百	十	元	角	分	千	百	十	万	千	百	十	元	角	分	
合计																							

附凭证　张

会计主管　　记账　　稽核　　制单

转账凭证

______年____月____日　　______字第______号

摘要	总账科目	明细科目	借方金额										贷方金额										记账
			千	百	十	万	千	百	十	元	角	分	千	百	十	万	千	百	十	元	角	分	
合计																							

附凭证　张

会计主管　　记账　　稽核　　制单

转账凭证

____年___月___日　　____字第____号

摘　要	总账科目	明细科目	借　方　金　额										贷　方　金　额										记账
			千	百	十	万	千	百	十	元	角	分	千	百	十	万	千	百	十	元	角	分	
合　计																							

附凭证　张

会计主管　　记账　　稽核　　制单

转账凭证

____年___月___日　　____字第____号

摘　要	总账科目	明细科目	借　方　金　额										贷　方　金　额										记账
			千	百	十	万	千	百	十	元	角	分	千	百	十	万	千	百	十	元	角	分	
合　计																							

附凭证　张

会计主管　　记账　　稽核　　制单

转账凭证

______年____月____日　　　______字第______号

摘 要	总账科目	明细科目	借 方 金 额										贷 方 金 额										记账
			千	百	十	万	千	百	十	元	角	分	千	百	十	万	千	百	十	元	角	分	
合 计																							

附凭证　张

会计主管　　　记账　　　稽核　　　制单

转账凭证

______年____月____日　　　______字第______号

摘 要	总账科目	明细科目	借 方 金 额										贷 方 金 额										记账
			千	百	十	万	千	百	十	元	角	分	千	百	十	万	千	百	十	元	角	分	
合 计																							

附凭证　张

会计主管　　　记账　　　稽核　　　制单

转账凭证

______年____月____日　　______字第______号

摘要	总账科目	明细科目	借方金额										贷方金额										记账
			千	百	十	万	千	百	十	元	角	分	千	百	十	万	千	百	十	元	角	分	
合计																							

附凭证　张

会计主管　　记账　　稽核　　制单

转账凭证

______年____月____日　　______字第______号

摘要	总账科目	明细科目	借方金额										贷方金额										记账
			千	百	十	万	千	百	十	元	角	分	千	百	十	万	千	百	十	元	角	分	
合计																							

附凭证　张

会计主管　　记账　　稽核　　制单

转账凭证

______年____月____日　　　　______字第______号

摘要	总账科目	明细科目	借方金额										贷方金额										记账
			千	百	十	万	千	百	十	元	角	分	千	百	十	万	千	百	十	元	角	分	
合计																							

附凭证　张

会计主管　　　　记账　　　　稽核　　　　制单

转账凭证

______年____月____日　　　　______字第______号

摘要	总账科目	明细科目	借方金额										贷方金额										记账
			千	百	十	万	千	百	十	元	角	分	千	百	十	万	千	百	十	元	角	分	
合计																							

附凭证　张

会计主管　　　　记账　　　　稽核　　　　制单

转账凭证

______年____月____日　　______字第______号

摘 要	总账科目	明细科目	借方金额										贷方金额										记账
			千	百	十	万	千	百	十	元	角	分	千	百	十	万	千	百	十	元	角	分	
合 计																							

附凭证　张

会计主管　　记账　　稽核　　制单

转账凭证

______年____月____日　　______字第______号

摘 要	总账科目	明细科目	借方金额										贷方金额										记账
			千	百	十	万	千	百	十	元	角	分	千	百	十	万	千	百	十	元	角	分	
合 计																							

附凭证　张

会计主管　　记账　　稽核　　制单

转账凭证

______年____月____日　　　　______字第______号

摘　要	总账科目	明细科目	借 方 金 额										贷 方 金 额										记账
			千	百	十	万	千	百	十	元	角	分	千	百	十	万	千	百	十	元	角	分	
合　计																							

附凭证　张

会计主管　　　　记账　　　　稽核　　　　制单

转账凭证

______年____月____日　　　　______字第______号

摘　要	总账科目	明细科目	借 方 金 额										贷 方 金 额										记账
			千	百	十	万	千	百	十	元	角	分	千	百	十	万	千	百	十	元	角	分	
合　计																							

附凭证　张

会计主管　　　　记账　　　　稽核　　　　制单

转账凭证

____年____月____日　　____字第____号

摘要	总账科目	明细科目	借方金额										贷方金额										记账
			千	百	十	万	千	百	十	元	角	分	千	百	十	万	千	百	十	元	角	分	
合计																							

附凭证　张

会计主管　　记账　　稽核　　制单

转账凭证

____年____月____日　　____字第____号

摘要	总账科目	明细科目	借方金额										贷方金额										记账
			千	百	十	万	千	百	十	元	角	分	千	百	十	万	千	百	十	元	角	分	
合计																							

附凭证　张

会计主管　　记账　　稽核　　制单

转账凭证

______年___月___日　　　　_____字第_____号

摘　要	总账科目	明细科目	借　方　金　额										贷　方　金　额										记账
			千	百	十	万	千	百	十	元	角	分	千	百	十	万	千	百	十	元	角	分	
合　　计																							

附凭证　张

会计主管　　　　记账　　　　稽核　　　　制单

转账凭证

______年___月___日　　　　_____字第_____号

摘　要	总账科目	明细科目	借　方　金　额										贷　方　金　额										记账
			千	百	十	万	千	百	十	元	角	分	千	百	十	万	千	百	十	元	角	分	
合　　计																							

附凭证　张

会计主管　　　　记账　　　　稽核　　　　制单

转账凭证

______年____月____日　　______字第______号

摘　要	总账科目	明细科目	借　方　金　额										贷　方　金　额										记账
			千	百	十	万	千	百	十	元	角	分	千	百	十	万	千	百	十	元	角	分	
合　计																							

附凭证　张

会计主管　　　　记账　　　　稽核　　　　制单

转账凭证

______年____月____日　　______字第______号

摘　要	总账科目	明细科目	借　方　金　额										贷　方　金　额										记账
			千	百	十	万	千	百	十	元	角	分	千	百	十	万	千	百	十	元	角	分	
合　计																							

附凭证　张

会计主管　　　　记账　　　　稽核　　　　制单

转账凭证

________年____月____日　　______字第______号

摘要	总账科目	明细科目	借方金额										贷方金额										记账
			千	百	十	万	千	百	十	元	角	分	千	百	十	万	千	百	十	元	角	分	
合计																							

附凭证　张

会计主管　　记账　　稽核　　制单

转账凭证

________年____月____日　　______字第______号

摘要	总账科目	明细科目	借方金额										贷方金额										记账
			千	百	十	万	千	百	十	元	角	分	千	百	十	万	千	百	十	元	角	分	
合计																							

附凭证　张

会计主管　　记账　　稽核　　制单

四、现金日记账

现金日记账

年		记账凭证		摘要	对方科目	借方	√	贷方	√	借或贷	余额	√
月	日	字	号			亿千百十万千百十元角分		亿千百十万千百十元角分			亿千百十万千百十元角分	

五、银行存款日记账

银行存款日记账

年		记账凭证		摘要	对方科目	结算方式及编号	借方												贷方												借或贷	余额											
月	日	字	号				亿	千	百	十	万	千	百	十	元	角	分	√	亿	千	百	十	万	千	百	十	元	角	分	√		亿	千	百	十	万	千	百	十	元	角	分	√

银行存款日记账

年		记账凭证		摘要	对方科目	结算方式及编号	借方											√	贷方											√	借或贷	余额											√
月	日	字	号				亿	千	百	十	万	千	百	十	元	角	分		亿	千	百	十	万	千	百	十	元	角	分			亿	千	百	十	万	千	百	十	元	角	分	

六、总账

总 分 类 账

账户名称： **编号：**

年		记账凭证		摘要	对方科目	借方										贷方										借或贷	余额									
月	日	字	号			百	十	万	千	百	十	元	角	分	√	百	十	万	千	百	十	元	角	分	√		百	十	万	千	百	十	元	角	分	√

总分类账

账户名称： **编号：**

年		记账凭证		摘要	对方科目	借方										贷方										借或贷	余额								
月	日	字	号			百	十	万	千	百	十	元	角	分	√	百	十	万	千	百	十	元	角	分	√		百	十	万	千	百	十	元	角	分	√

总 分 类 账

账户名称： **编号：**

年		记账凭证		摘要	对方科目	借方										贷方										借或贷	余额									
月	日	字	号			百	十	万	千	百	十	元	角	分	√	百	十	万	千	百	十	元	角	分	√		百	十	万	千	百	十	元	角	分	√

总分类账

账户名称： **编号：**

年		记账凭证		摘要	对方科目	借方										贷方										借或贷	余额									
月	日	字	号			百	十	万	千	百	十	元	角	分	√	百	十	万	千	百	十	元	角	分	√		百	十	万	千	百	十	元	角	分	√

总分类账

账户名称： **编号：**

年		记账凭证		摘要	对方科目	借方									√	贷方									√	借或贷	余额									√
月	日	字	号			百	十	万	千	百	十	元	角	分		百	十	万	千	百	十	元	角	分			百	十	万	千	百	十	元	角	分	

总分类账

账户名称：　　　　　　　　　　　　编号：

年		记账凭证		摘要	对方科目	借方										贷方										借或贷	余额									
月	日	字	号			百	十	万	千	百	十	元	角	分	√	百	十	万	千	百	十	元	角	分	√		百	十	万	千	百	十	元	角	分	√

总分类账

账户名称： **编号：**

年		记账凭证		摘要	对方科目	借方										贷方										借或贷	余额									
月	日	字	号			百	十	万	千	百	十	元	角	分	√	百	十	万	千	百	十	元	角	分	√		百	十	万	千	百	十	元	角	分	√

总分类账

账户名称： **编号：**

年		记账凭证		摘要	对方科目	借方										贷方										借或贷	余额									
月	日	字	号			百	十	万	千	百	十	元	角	分	√	百	十	万	千	百	十	元	角	分	√		百	十	万	千	百	十	元	角	分	√

总分类账

账户名称：　　　　　　　　　　　　　　　　编号：

年		记账凭证		摘要	对方科目	借方										贷方										借或贷	余额									
月	日	字	号			百	十	万	千	百	十	元	角	分	√	百	十	万	千	百	十	元	角	分	√		百	十	万	千	百	十	元	角	分	√

总分类账

账户名称： **编号：**

年		记账凭证		摘要	对方科目	借方									√	贷方									√	借或贷	余额									√
月	日	字	号			百	十	万	千	百	十	元	角	分		百	十	万	千	百	十	元	角	分			百	十	万	千	百	十	元	角	分	

总分类账

账户名称：　　　　　　　　编号：

年		记账凭证		摘要	对方科目	借方										贷方										借或贷	余额									
月	日	字	号			百	十	万	千	百	十	元	角	分	√	百	十	万	千	百	十	元	角	分	√		百	十	万	千	百	十	元	角	分	√

总分类账

账户名称： **编号：**

年		记账凭证		摘要	对方科目	借方									√	贷方									√	借或贷	余额									√
月	日	字	号			百	十	万	千	百	十	元	角	分		百	十	万	千	百	十	元	角	分			百	十	万	千	百	十	元	角	分	

总 分 类 账

账户名称： **编号：**

年		记账凭证		摘要	对方科目	借方										贷方										借或贷	余额									
月	日	字	号			百	十	万	千	百	十	元	角	分	√	百	十	万	千	百	十	元	角	分	√		百	十	万	千	百	十	元	角	分	√

总分类账

账户名称： **编号：**

年		记账凭证		摘要	对方科目	借方										贷方										借或贷	余额									
月	日	字	号			百	十	万	千	百	十	元	角	分	√	百	十	万	千	百	十	元	角	分	√		百	十	万	千	百	十	元	角	分	√

总分类账

账户名称： **编号：**

<table>
<tr><td colspan="2">年</td><td colspan="2">记账凭证</td><td rowspan="2">摘要</td><td rowspan="2">对方科目</td><td colspan="9">借方</td><td rowspan="2">√</td><td colspan="9">贷方</td><td rowspan="2">√</td><td rowspan="2">借或贷</td><td colspan="9">余额</td><td rowspan="2">√</td></tr>
<tr><td>月</td><td>日</td><td>字</td><td>号</td><td>百</td><td>十</td><td>万</td><td>千</td><td>百</td><td>十</td><td>元</td><td>角</td><td>分</td><td>百</td><td>十</td><td>万</td><td>千</td><td>百</td><td>十</td><td>元</td><td>角</td><td>分</td><td>百</td><td>十</td><td>万</td><td>千</td><td>百</td><td>十</td><td>元</td><td>角</td><td>分</td></tr>
</table>

总分类账

账户名称： **编号：**

年		记账凭证		摘要	对方科目	借方										贷方										借或贷	余额									
月	日	字	号			百	十	万	千	百	十	元	角	分	√	百	十	万	千	百	十	元	角	分	√		百	十	万	千	百	十	元	角	分	√

总分类账

账户名称： **编号：**

年		记账凭证		摘要	对方科目	借方										贷方										借或贷	余额									
月	日	字	号			百	十	万	千	百	十	元	角	分	√	百	十	万	千	百	十	元	角	分	√		百	十	万	千	百	十	元	角	分	√

总 分 类 账

账户名称：　　　　　　　　　　　　编号：

年		记账凭证		摘要	对方科目	借方										贷方										借或贷	余额									
月	日	字	号			百	十	万	千	百	十	元	角	分	√	百	十	万	千	百	十	元	角	分	√		百	十	万	千	百	十	元	角	分	√

总 分 类 账

账户名称： **编号：**

年		记账凭证		摘要	对方科目	借方										贷方										借或贷	余额									
月	日	字	号			百	十	万	千	百	十	元	角	分	√	百	十	万	千	百	十	元	角	分	√		百	十	万	千	百	十	元	角	分	√

总分类账

账户名称： **编号：**

年		记账凭证		摘要	对方科目	借方									√	贷方									√	借或贷	余额									√
月	日	字	号			百	十	万	千	百	十	元	角	分		百	十	万	千	百	十	元	角	分			百	十	万	千	百	十	元	角	分	

总分类账

账户名称： **编号：**

年		记账凭证		摘要	对方科目	借方										贷方										借或贷	余额									
月	日	字	号			百	十	万	千	百	十	元	角	分	√	百	十	万	千	百	十	元	角	分	√		百	十	万	千	百	十	元	角	分	√

总分类账

账户名称：　　　　　　　　　　　　编号：

年		记账凭证		摘要	对方科目	借方										贷方										借或贷	余额									
月	日	字	号			百	十	万	千	百	十	元	角	分	√	百	十	万	千	百	十	元	角	分	√		百	十	万	千	百	十	元	角	分	√

总分类账

账户名称：　　　　　　　　　　　　编号：

年		记账凭证		摘要	对方科目	借方										贷方										借或贷	余额									
月	日	字	号			百	十	万	千	百	十	元	角	分	√	百	十	万	千	百	十	元	角	分	√		百	十	万	千	百	十	元	角	分	√

总分类账

账户名称： **编号：**

年		记账凭证		摘要	对方科目	借方										贷方										借或贷	余额									
月	日	字	号			百	十	万	千	百	十	元	角	分	√	百	十	万	千	百	十	元	角	分	√		百	十	万	千	百	十	元	角	分	√

总分类账

账户名称： **编号：**

年		记账凭证		摘要	对方科目	借方										贷方										借或贷	余额									
月	日	字	号			百	十	万	千	百	十	元	角	分	√	百	十	万	千	百	十	元	角	分	√		百	十	万	千	百	十	元	角	分	√

总分类账

账户名称： **编号：**

年		记账凭证		摘要	对方科目	借方										贷方										借或贷	余额									
月	日	字	号			百	十	万	千	百	十	元	角	分	√	百	十	万	千	百	十	元	角	分	√		百	十	万	千	百	十	元	角	分	√

总分类账

账户名称： **编号：**

年		记账凭证		摘要	对方科目	借方									√	贷方									√	借或贷	余额									√
月	日	字	号			百	十	万	千	百	十	元	角	分		百	十	万	千	百	十	元	角	分			百	十	万	千	百	十	元	角	分	

总分类账

账户名称：　　　　　　　　　　编号：

<table>
<tr><th colspan="2">年</th><th colspan="2">记账凭证</th><th rowspan="2">摘要</th><th rowspan="2">对方科目</th><th colspan="9">借方</th><th rowspan="2">√</th><th colspan="9">贷方</th><th rowspan="2">√</th><th rowspan="2">借或贷</th><th colspan="9">余额</th><th rowspan="2">√</th></tr>
<tr><th>月</th><th>日</th><th>字</th><th>号</th><th>百</th><th>十</th><th>万</th><th>千</th><th>百</th><th>十</th><th>元</th><th>角</th><th>分</th><th>百</th><th>十</th><th>万</th><th>千</th><th>百</th><th>十</th><th>元</th><th>角</th><th>分</th><th>百</th><th>十</th><th>万</th><th>千</th><th>百</th><th>十</th><th>元</th><th>角</th><th>分</th></tr>
</table>

总分类账

账户名称：　　　　　　　　　　编号：

年		记账凭证		摘要	对方科目	借方										贷方										借或贷	余额									
月	日	字	号			百	十	万	千	百	十	元	角	分	√	百	十	万	千	百	十	元	角	分	√		百	十	万	千	百	十	元	角	分	√

总分类账

账户名称： **编号：**

年		记账凭证		摘要	对方科目	借方										贷方										借或贷	余额									
月	日	字	号			百	十	万	千	百	十	元	角	分	√	百	十	万	千	百	十	元	角	分	√		百	十	万	千	百	十	元	角	分	√

总分类账

账户名称：　　　　　　　　　　　　编号：

年		记账凭证		摘要	对方科目	借方										贷方										借或贷	余额									
月	日	字	号			百	十	万	千	百	十	元	角	分	√	百	十	万	千	百	十	元	角	分	√		百	十	万	千	百	十	元	角	分	√

总分类账

账户名称：　　　　　　　　　　编号：

年		记账凭证		摘要	对方科目	借方									√	贷方									√	借或贷	余额									√
月	日	字	号			百	十	万	千	百	十	元	角	分		百	十	万	千	百	十	元	角	分			百	十	万	千	百	十	元	角	分	

总分类账

账户名称：　　　　　　　　　　　　编号：

年		记账凭证		摘要	对方科目	借方										贷方										借或贷	余额									
月	日	字	号			百	十	万	千	百	十	元	角	分	√	百	十	万	千	百	十	元	角	分	√		百	十	万	千	百	十	元	角	分	√

总分类账

账户名称： **编号：**

年		记账凭证		摘要	对方科目	借方									√	贷方									√	借或贷	余额									√
月	日	字	号			百	十	万	千	百	十	元	角	分		百	十	万	千	百	十	元	角	分			百	十	万	千	百	十	元	角	分	

总分类账

账户名称： **编号：**

年		记账凭证		摘要	对方科目	借方										贷方										借或贷	余额									
月	日	字	号			百	十	万	千	百	十	元	角	分	√	百	十	万	千	百	十	元	角	分	√		百	十	万	千	百	十	元	角	分	√

总分类账

账户名称： **编号：**

年		记账凭证		摘要	对方科目	借方										贷方										借或贷	余额									
月	日	字	号			百	十	万	千	百	十	元	角	分	√	百	十	万	千	百	十	元	角	分	√		百	十	万	千	百	十	元	角	分	√

总 分 类 账

账户名称： **编号：**

年		记账凭证		摘要	对方科目	借方										贷方										借或贷	余额									
月	日	字	号			百	十	万	千	百	十	元	角	分	√	百	十	万	千	百	十	元	角	分	√		百	十	万	千	百	十	元	角	分	√

总分类账

账户名称： **编号：**

年		记账凭证		摘要	对方科目	借方										贷方										借或贷	余额									
月	日	字	号			百	十	万	千	百	十	元	角	分	√	百	十	万	千	百	十	元	角	分	√		百	十	万	千	百	十	元	角	分	√

总分类账

账户名称：　　　　　　　　　　　　　　　　　　编号：

年		记账凭证		摘要	对方科目	借方										贷方										借或贷	余额									
月	日	字	号			百	十	万	千	百	十	元	角	分	√	百	十	万	千	百	十	元	角	分	√		百	十	万	千	百	十	元	角	分	√

总分类账

账户名称： **编号：**

年		记账凭证		摘要	对方科目	借方										贷方										借或贷	余额									
月	日	字	号			百	十	万	千	百	十	元	角	分	√	百	十	万	千	百	十	元	角	分	√		百	十	万	千	百	十	元	角	分	√

总分类账

账户名称： **编号：**

年		记账凭证		摘要	对方科目	借方										贷方										借或贷	余额									
月	日	字	号			百	十	万	千	百	十	元	角	分	√	百	十	万	千	百	十	元	角	分	√		百	十	万	千	百	十	元	角	分	√

总分类账

账户名称： **编号：**

年		记账凭证		摘要	对方科目	借方										贷方										借或贷	余额									
月	日	字	号			百	十	万	千	百	十	元	角	分	√	百	十	万	千	百	十	元	角	分	√		百	十	万	千	百	十	元	角	分	√

七、三栏式明细账

科目名称：

年		记账凭证		摘要	对方科目	借方											贷方											借或贷	余额									
月	日	字	号			千	百	十	万	千	百	十	元	角	分	√	千	百	十	万	千	百	十	元	角	分	√		百	十	万	千	百	十	元	角	分	√

科目名称：

年		记账凭证		摘要	对方科目	借方											贷方											借或贷	余额									
月	日	字	号			千	百	十	万	千	百	十	元	角	分	√	千	百	十	万	千	百	十	元	角	分	√		百	十	万	千	百	十	元	角	分	√

科目名称：

年		记账凭证		摘要	对方科目	借方											贷方											借或贷	余额									
月	日	字	号			千	百	十	万	千	百	十	元	角	分	√	千	百	十	万	千	百	十	元	角	分	√		百	十	万	千	百	十	元	角	分	√

科目名称：

年		记账凭证		摘要	对方科目	借方											贷方											借或贷	余额									
月	日	字	号			千	百	十	万	千	百	十	元	角	分	√	千	百	十	万	千	百	十	元	角	分	√		百	十	万	千	百	十	元	角	分	√

科目名称：

年		记账凭证		摘要	对方科目	借方											贷方											借或贷	余额									
月	日	字	号			千	百	十	万	千	百	十	元	角	分	√	千	百	十	万	千	百	十	元	角	分	√		百	十	万	千	百	十	元	角	分	√

科目名称：

年		记账凭证		摘要	对方科目	借方										√	贷方										√	借或贷	余额									√
月	日	字	号			千	百	十	万	千	百	十	元	角	分		千	百	十	万	千	百	十	元	角	分			百	十	万	千	百	十	元	角	分	

科目名称：

年		记账凭证		摘要	对方科目	借方										√	贷方										√	借或贷	余额									√
月	日	字	号			千	百	十	万	千	百	十	元	角	分		千	百	十	万	千	百	十	元	角	分			百	十	万	千	百	十	元	角	分	

科目名称：

年		记账凭证		摘要	对方科目	借方											贷方											借或贷	余额									
月	日	字	号			千	百	十	万	千	百	十	元	角	分	√	千	百	十	万	千	百	十	元	角	分	√		百	十	万	千	百	十	元	角	分	√

科目名称：

年		记账凭证		摘要	对方科目	借方											贷方											借或贷	余额									
月	日	字	号			千	百	十	万	千	百	十	元	角	分	√	千	百	十	万	千	百	十	元	角	分	√		百	十	万	千	百	十	元	角	分	√

科目名称：

年		记账凭证		摘要	对方科目	借方									√	贷方									√	借或贷	余额									√
月	日	字	号			千	百	十	万	千	百	十	元	角	分	千	百	十	万	千	百	十	元	角	分		百	十	万	千	百	十	元	角	分	

科目名称：

年		记账凭证		摘要	对方科目	借方											贷方											借或贷	余额									
月	日	字	号			千	百	十	万	千	百	十	元	角	分	√	千	百	十	万	千	百	十	元	角	分	√		百	十	万	千	百	十	元	角	分	√

科目名称：

年		记账凭证		摘要	对方科目	借方										√	贷方										√	借或贷	余额									√
月	日	字	号			千	百	十	万	千	百	十	元	角	分		千	百	十	万	千	百	十	元	角	分			百	十	万	千	百	十	元	角	分	

科目名称：

年		记账凭证		摘要	对方科目	借方											贷方											借或贷	余额									
月	日	字	号			千	百	十	万	千	百	十	元	角	分	√	千	百	十	万	千	百	十	元	角	分	√		百	十	万	千	百	十	元	角	分	√

科目名称：

年		记账凭证		摘要	对方科目	借方										√	贷方										√	借或贷	余额									√
月	日	字	号			千	百	十	万	千	百	十	元	角	分		千	百	十	万	千	百	十	元	角	分			百	十	万	千	百	十	元	角	分	

科目名称：

年		记账凭证		摘要	对方科目	借方											贷方											借或贷	余额									
月	日	字	号			千	百	十	万	千	百	十	元	角	分	√	千	百	十	万	千	百	十	元	角	分	√		百	十	万	千	百	十	元	角	分	√

科目名称：

年		记账凭证		摘要	对方科目	借方										√	贷方										√	借或贷	余额									√
月	日	字	号			千	百	十	万	千	百	十	元	角	分		千	百	十	万	千	百	十	元	角	分			百	十	万	千	百	十	元	角	分	

科目名称：

年		记账凭证		摘要	对方科目	借方											贷方											借或贷	余额									
月	日	字	号			千	百	十	万	千	百	十	元	角	分	√	千	百	十	万	千	百	十	元	角	分	√		百	十	万	千	百	十	元	角	分	√

科目名称：

年		记账凭证		摘要	对方科目	借方											贷方											借或贷	余额									
月	日	字	号			千	百	十	万	千	百	十	元	角	分	√	千	百	十	万	千	百	十	元	角	分	√		百	十	万	千	百	十	元	角	分	√

科目名称：

年		记账凭证		摘要	对方科目	借方											贷方											借或贷	余额									
月	日	字	号			千	百	十	万	千	百	十	元	角	分	√	千	百	十	万	千	百	十	元	角	分	√		百	十	万	千	百	十	元	角	分	√

科目名称：

年		记账凭证		摘要	对方科目	借方											贷方											借或贷	余额									
月	日	字	号			千	百	十	万	千	百	十	元	角	分	√	千	百	十	万	千	百	十	元	角	分	√		百	十	万	千	百	十	元	角	分	√

科目名称：

年		记账凭证		摘要	对方科目	借方											贷方											借或贷	余额									
月	日	字	号			千	百	十	万	千	百	十	元	角	分	√	千	百	十	万	千	百	十	元	角	分	√		百	十	万	千	百	十	元	角	分	√

科目名称：

年		记账凭证		摘要	对方科目	借方											贷方											借或贷	余额									
月	日	字	号			千	百	十	万	千	百	十	元	角	分	√	千	百	十	万	千	百	十	元	角	分	√		百	十	万	千	百	十	元	角	分	√

科目名称：

年		记账凭证		摘要	对方科目	借方											贷方											借或贷	余额									
月	日	字	号			千	百	十	万	千	百	十	元	角	分	√	千	百	十	万	千	百	十	元	角	分	√		百	十	万	千	百	十	元	角	分	√

科目名称：

年		记账凭证		摘要	对方科目	借方											贷方											借或贷	余额									
月	日	字	号			千	百	十	万	千	百	十	元	角	分	√	千	百	十	万	千	百	十	元	角	分	√		百	十	万	千	百	十	元	角	分	√

科目名称：

年		记账凭证		摘要	对方科目	借方											贷方											借或贷	余额									
月	日	字	号			千	百	十	万	千	百	十	元	角	分	√	千	百	十	万	千	百	十	元	角	分	√		百	十	万	千	百	十	元	角	分	√

科目名称：

年		记账凭证		摘要	对方科目	借方											贷方											借或贷	余额									
月	日	字	号			千	百	十	万	千	百	十	元	角	分	√	千	百	十	万	千	百	十	元	角	分	√		百	十	万	千	百	十	元	角	分	√

科目名称：

年		记账凭证		摘要	对方科目	借方											贷方											借或贷	余额									
月	日	字	号			千	百	十	万	千	百	十	元	角	分	√	千	百	十	万	千	百	十	元	角	分	√		百	十	万	千	百	十	元	角	分	√

科目名称：

年		记账凭证		摘要	对方科目	借方											贷方											借或贷	余额									
月	日	字	号			千	百	十	万	千	百	十	元	角	分	√	千	百	十	万	千	百	十	元	角	分	√		百	十	万	千	百	十	元	角	分	√

科目名称：

年		记账凭证		摘要	对方科目	借方											贷方											借或贷	余额									
月	日	字	号			千	百	十	万	千	百	十	元	角	分	√	千	百	十	万	千	百	十	元	角	分	√		百	十	万	千	百	十	元	角	分	√

科目名称：

年		记账凭证		摘要	对方科目	借方									√	贷方									√	借或贷	余额									√
月	日	字	号			千	百	十	万	千	百	十	元	角分		千	百	十	万	千	百	十	元	角分			百	十	万	千	百	十	元	角分	

科目名称：

年		记账凭证		摘要	对方科目	借方											贷方											借或贷	余额									
月	日	字	号			千	百	十	万	千	百	十	元	角	分	√	千	百	十	万	千	百	十	元	角	分	√		百	十	万	千	百	十	元	角	分	√

科目名称：

年		记账凭证		摘要	对方科目	借方											贷方											借或贷	余额									
月	日	字	号			千	百	十	万	千	百	十	元	角	分	√	千	百	十	万	千	百	十	元	角	分	√		百	十	万	千	百	十	元	角	分	√

八、数量金额式明细账

编号：
名称：
单位：

库：　　　区：

年		记账凭证		摘要	借方												贷方												余额												对账符号
					数量	单价	金额										数量	单价	金额										数量	单价	金额										
月	日	字	号				千	百	十	万	千	百	十	元	角	分			千	百	十	万	千	百	十	元	角	分			千	百	十	万	千	百	十	元	角	分	

编号：
名称：
单位：

库：　　　区：

年		记账凭证		摘要	借方												贷方												余额												对账符号
月	日	字	号		数量	单价	金额										数量	单价	金额										数量	单价	金额										
							千	百	十	万	千	百	十	元	角	分			千	百	十	万	千	百	十	元	角	分			千	百	十	万	千	百	十	元	角	分	

编号：
名称：
单位：

库：　　区：

年		记账凭证		摘要	借方											贷方											余额											对账符号
					数量	单价	金额									数量	单价	金额									数量	单价	金额									
月	日	字	号				千	百	十	万	千	百	十	元	角	分			千	百	十	万	千	百	十	元	角	分			千	百	十	万	千	百	十	元	角	分	

编号：
名称：
单位：

库：　　区：

年		记账凭证		摘要	借方												贷方												余额												对账符号
					数量	单价	金额										数量	单价	金额										数量	单价	金额										
月	日	字	号				千	百	十	万	千	百	十	元	角	分			千	百	十	万	千	百	十	元	角	分			千	百	十	万	千	百	十	元	角	分	

编号：
名称：
单位：

库：　　区：

年		记账凭证		摘要	借方											贷方											余额											对账符号
					数量	单价	金额									数量	单价	金额									数量	单价	金额									
月	日	字	号				千	百	十	万	千	百	十	元	角	分			千	百	十	万	千	百	十	元	角	分			千	百	十	万	千	百	十	元	角	分	

编号：
名称：
单位：

库：　　区：

年		记账凭证		摘要	借方												贷方												余额												对账符号
月	日	字	号		数量	单价	金额										数量	单价	金额										数量	单价	金额										
							千	百	十	万	千	百	十	元	角	分			千	百	十	万	千	百	十	元	角	分			千	百	十	万	千	百	十	元	角	分	

编号：
名称：
单位：

库：　　　区：

年		记账凭证		摘要	借方												贷方												余额												对账符号
					数量	单价	金额										数量	单价	金额										数量	单价	金额										
月	日	字	号				千	百	十	万	千	百	十	元	角	分			千	百	十	万	千	百	十	元	角	分			千	百	十	万	千	百	十	元	角	分	

编号：
名称：
单位：

库：　　　区：

年		记账凭证		摘要	借方												贷方												余额												对账符号
					数量	单价	金额										数量	单价	金额										数量	单价	金额										
月	日	字	号				千	百	十	万	千	百	十	元	角	分			千	百	十	万	千	百	十	元	角	分			千	百	十	万	千	百	十	元	角	分	

编号：
名称：
单位：

库：　　区：

年		记账凭证		摘要	借方												贷方												余额												对账符号
					数量	单价	金额										数量	单价	金额										数量	单价	金额										
月	日	字	号				千	百	十	万	千	百	十	元	角	分			千	百	十	万	千	百	十	元	角	分			千	百	十	万	千	百	十	元	角	分	

编号：
名称：
单位：

库：　　区：

年		记账凭证		摘要	借方											贷方											余额											对账符号
					数量	单价	金额									数量	单价	金额									数量	单价	金额									
月	日	字	号				千	百	十	万	千	百	十	元	角	分			千	百	十	万	千	百	十	元	角	分			千	百	十	万	千	百	十	元	角	分	

编号：
名称：
单位：

库：　　区：

年		记账凭证		摘要	借方												贷方												余额												对账符号
					数量	单价	金额										数量	单价	金额										数量	单价	金额										
月	日	字	号				千	百	十	万	千	百	十	元	角	分			千	百	十	万	千	百	十	元	角	分			千	百	十	万	千	百	十	元	角	分	

编号：
名称：
单位：

库：　　　区：

年		记账凭证		摘要	借方												贷方												余额												对账符号
					数量	单价	金额										数量	单价	金额										数量	单价	金额										
月	日	字	号				千	百	十	万	千	百	十	元	角	分			千	百	十	万	千	百	十	元	角	分			千	百	十	万	千	百	十	元	角	分	

库：　　　区：

编号：
名称：
单位：

年		记账凭证		摘要	借方												贷方												余额												对账符号
月	日	字	号		数量	单价	金额										数量	单价	金额										数量	单价	金额										
							千	百	十	万	千	百	十	元	角	分			千	百	十	万	千	百	十	元	角	分			千	百	十	万	千	百	十	元	角	分	

九、多栏式明细账

本帐页数	
本户页数	

年		凭证号	摘要	借方									贷方									借或贷	余额																	
月	日			百	十	万	千	百	十	元	角	分	百	十	万	千	百	十	元	角	分		百	十	万	千	百	十	元	角	分	百	十	万	千	百	十	元	角	分

百	十	万	千	百	十	元	角	分	百	十	万	千	百	十	元	角	分	百	十	万	千	百	十	元	角	分	百	十	万	千	百	十	元	角	分	百	十	万	千	百	十	元	角	分

本帐页数	
本户页数	

年		凭证号	摘要	借方									贷方									借或贷	余额																	
月	日			百	十	万	千	百	十	元	角	分	百	十	万	千	百	十	元	角	分		百	十	万	千	百	十	元	角	分	百	十	万	千	百	十	元	角	分

百	十	万	千	百	十	元	角	分	百	十	万	千	百	十	元	角	分	百	十	万	千	百	十	元	角	分	百	十	万	千	百	十	元	角	分	百	十	万	千	百	十	元	角	分

本帐页数	
本户页数	

年		凭证号	摘要	借方									贷方									借或贷	余额																	
月	日			百	十	万	千	百	十	元	角	分	百	十	万	千	百	十	元	角	分		百	十	万	千	百	十	元	角	分	百	十	万	千	百	十	元	角	分

百	十	万	千	百	十	元	角	分	百	十	万	千	百	十	元	角	分	百	十	万	千	百	十	元	角	分	百	十	万	千	百	十	元	角	分	百	十	万	千	百	十	元	角	分

十、生产成本明细账

年		凭证		摘要	借方																																								余额										
					材料费											人工费											福利费											制造费用																					
月	日	种类	编号		亿	千	百	十	万	千	百	十	元	角	分	亿	千	百	十	万	千	百	十	元	角	分	亿	千	百	十	万	千	百	十	元	角	分	亿	千	百	十	万	千	百	十	元	角	分	亿	千	百	十	万	千	百	十	元	角	分

年		凭证		摘要	借方																																													余额										
					材料费											人工费											福利费											制造费用																					
月	日	种类	编号		亿	千	百	十	万	千	百	十	元	角	分	亿	千	百	十	万	千	百	十	元	角	分	亿	千	百	十	万	千	百	十	元	角	分	亿	千	百	十	万	千	百	十	元	角	分	亿	千	百	十	万	千	百	十	元	角	分

年		凭证		摘要	借方				余额
					材料费	人工费	福利费	制造费用	
月	日	种类	编号		亿千百十万千百十元角分	亿千百十万千百十元角分	亿千百十万千百十元角分	亿千百十万千百十元角分	亿千百十万千百十元角分

十一、固定资产明细账

固定资产明细账

编号________使用年限________折旧率(%)年______月______

名称______________始用日期__________折旧额(元)年_____月_________

规格________预计残值______

年		凭证字号	摘要	数量	原值																		折旧																		净值
月	日				借方									贷方									借方									贷方									
					百万	十	万	千	百	十	元	角	分	百万	十	万	千	百	十	元	角	分	百万	十	万	千	百	十	元	角	分	百万	十	万	千	百	十	元	角	分	

固定资产明细账

编号________使用年限________折旧率(%)年_______月_______

名称___________始用日期_________折旧额(元)年______月________

规格________预计残值______

年		凭证字号	摘要	数量	原值																		折旧																		净值
月	日				借方									贷方									借方									贷方									
					百万	十	万	千	百	十	元	角	分	百万	十	万	千	百	十	元	角	分	百万	十	万	千	百	十	元	角	分	百万	十	万	千	百	十	元	角	分	

固定资产明细账

编号________使用年限________折旧率(%)年________月________

名称________始用日期________折旧额(元)年________月________

规格________预计残值________

年		凭证字号	摘要	数量	原值																		折旧																		净值
月	日				借方									贷方									借方									贷方									
					百万	十	万	千	百	十	元	角	分	百万	十	万	千	百	十	元	角	分	百万	十	万	千	百	十	元	角	分	百万	十	万	千	百	十	元	角	分	

固定资产明细账

编号________使用年限________折旧率(%)年________月________

名称________始用日期________折旧额(元)年________月________

规格________预计残值________

年		凭证字号	摘要	数量	原值																折旧																净值
月	日				借方								贷方								借方								贷方								
					百万	十	万	千	百	十	元	角	分	百万	十	万	千	百	十	元	角	分	百万	十	万	千	百	十	元	角	分	百万	十	万	千	百	十	元	角	分	

固定资产明细账

编号________使用年限________折旧率(%)年________月________

名称______________始用日期__________折旧额(元)年______月__________

规格________预计残值______

年		凭证字号	摘要	数量	原值																		折旧																		净值
月	日				借方									贷方									昔方									贷方									
					百万	十	万	千	百	十	元	角	分	百万	十	万	千	百	十	元	角	分	百万	十	万	千	百	十	元	角	分	百万	十	万	千	百	十	元	角	分	

十二、应交增值税明细账

年		凭证		摘要	借方					
					合计	进项税额	已交税金	减免税款	出口抵减内销产品应纳税额	转出未交增值税
月	日	字	号		十万千百十元角分	十万千百十元角分	十万千百十元角分	十万千百十元角分	十万千百十元角分	十万千百十元角分

贷方																																								借或贷	余额							
合计								销项税额								出口退税								进项税额转出								转出多交增值税																
十	万	千	百	十	元	角	分	十	万	千	百	十	元	角	分	十	万	千	百	十	元	角	分	十	万	千	百	十	元	角	分	十	万	千	百	十	元	角	分		十	万	千	百	十	元	角	分

主要参考文献

1. 王洪,等. 基础会计学—基本技能部分.冀出内准字(2000)第 AD019 号
2. 苏淑欢,等. 基础会计学实操. 广州;中山大学出版社,2002
3. 中华人民共和国财政部会计司《会计基础工作规范培训教材》编写组. 会计基础工作规范培训教材. 北京:经济科学出版社,1998
4. 中华人民共和国财政部. 企业会计制度·2001,北京:经济科学出版社,2001
5. 刘雪清,等. 会计模拟实训(第三版). 北京:中国财政经济出版社,2002
6. 于玉林,等. 会计实验学. 北京:经济科学出版社,2004
7. 阎德玉. 会计学原理. 武汉:湖北科学技术出版社,2002
8. 朱传华,等. 会计模拟实训教程. 北京:首都经济贸易大学出版社,2004
9. 吴竟成,等. 会计实战. 广州:广东经济出版社,2003
10. 孙铮,等.《基础会计》习题用纸. 上海:上海三联书店,1993